『星の葬送』

黒いレースのヴェールをかけた女性の姿がひっそりと……（39ページ参照）

ハヤカワ文庫JA
〈JA710〉

グイン・サーガ㊇

星の葬送

栗本　薫

早川書房

5104

THE CORTEGE CONSTELLATIONS

by

Kaoru Kurimoto

2003

カバー／口絵／插絵

丹野　忍

目次

地上にはかがり火の星々が満ち、その星は　葬送のしらべをうたった。
空の星と地上の星と、双方がみちびきあい、
照らしあううちに、すべては星の歌となって人々に《運命》のみしるしを伝えたのだった。

豹頭王のサーガより　「星の章」

〔中原周辺図〕

ナタール川
ヴァーラス湖沼地帯
ノスフェラス
ナタール大森林
ギーラ湖
ナタリ湖
ケス河
サイロン
ユラニア
ケイロニア
トーラス
ノルン海
アルセイス
ゴーラ
ロス
モンゴール
クム
リーラ川
カムイ湖
タリア
タリア
ワルド山脈
中原
ルーアン
イーラ湖
クリスタル
オロイ湖
アルムト
パロ
アルーンの森
カラヴィア
サルジナ
ダル湖
ダネイン大湿原
ドラス連山
ハイランド高地
ウル山脈
カムリ岬
ルート
ラトナレン山脈
ウィレン山脈
アグラーヤ
サーリスベリ
ランガート
アルート高原
カウロス
ライゴール
獅子原
レンティア
草原地方
トルース
トラキア自治領
リャガ
ヤガ
イフリキア
マハール
トルフィヤ
ヴァラキア
アルゴス
沿海州
アルカンド
アルゴ河
レント海

〔パロ周辺図〕

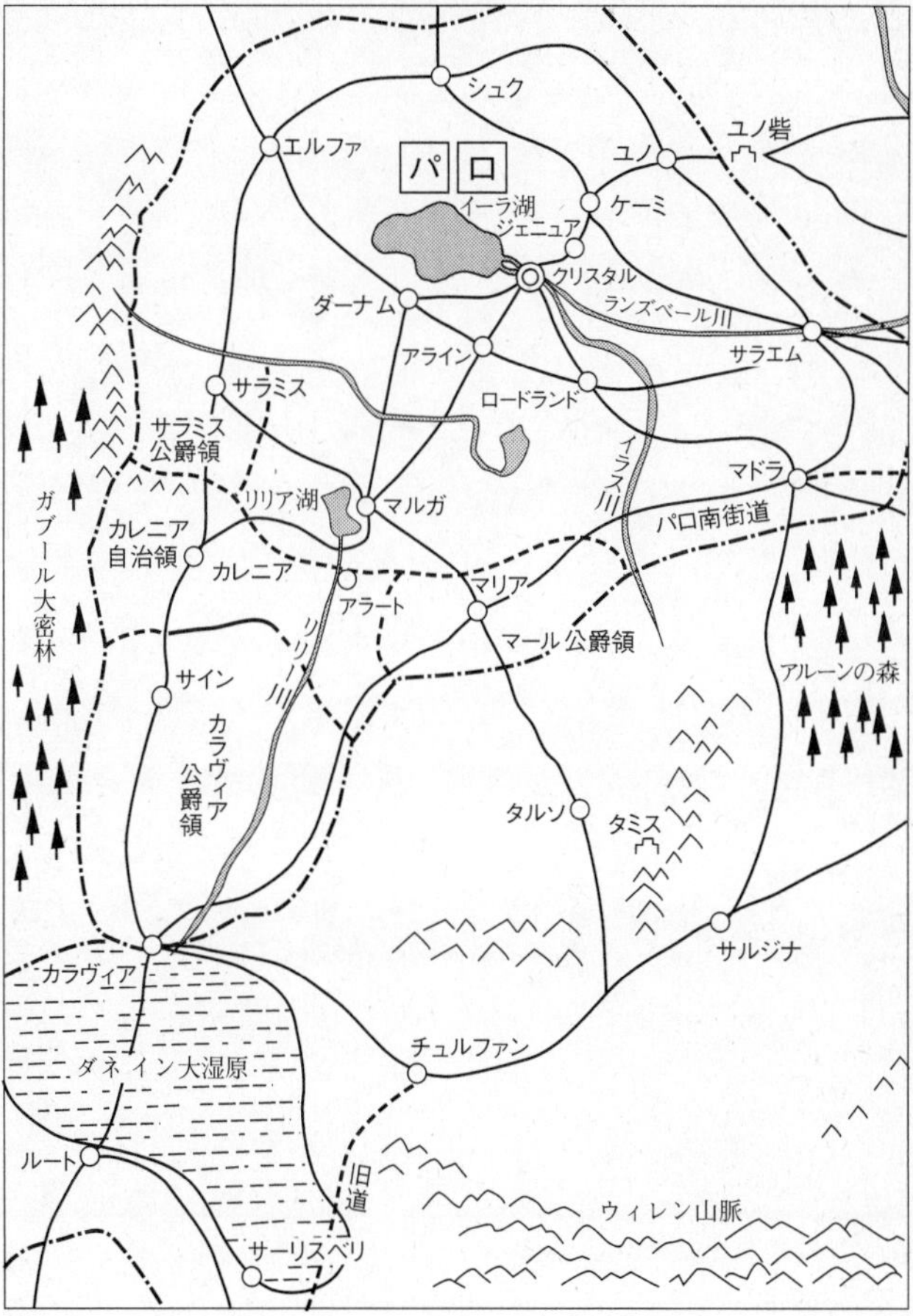

パロ
シュク
エルファ
ユノ砦
ユノ
ケーミ
イーラ湖
ジェニュア
クリスタル
ダーナム
ランズベール川
アライン
サラエム
サラミス
ロードランド
サラミス
公爵領
イラス川
マドラ
リリア湖
マルガ
パロ南街道
ガブール大密林
カレニア
自治領
カレニア
アラート
マリア
リリア川
マール 公爵領
アルーンの森
サイン
カラヴィア
公爵領
タルソ
タミス
サルジナ
カラヴィア
ダネイン大湿原
チュルファン
ルート
旧道
ウィレン山脈
サーリスベリ

星の葬送

登場人物

グイン……………………………ケイロニア王
リンダ……………………………神聖パロ王妃
スニ………………………………セムの少女
ヴァレリウス……………………神聖パロの宰相。上級魔道師
ルナン……………………………聖騎士侯
リギア……………………………聖騎士伯。ルナンの娘
ボース……………………………サラミス公
フェリシア………………………サラミス公の姉
マリウス…………………………吟遊詩人。パロの王子アル・ディーン
イシュトヴァーン………………ゴーラ王

第一話　喪の部屋

1

「姫さま」

音もなく、扉があいた。入ってきたのは、スニの小さなすがたであった。

室内はちいさなろうそくがひとつともされているだけで、とても暗かった。リンダは、のろのろと布団の上に上体を起こした。

「もう……朝なの……？　スニ……」

「アーイ。夜明け、姫さま、お疲れ、申し訳ないけど、起きて、リギアさまが云ってる」

「……起きるわ」

リンダはぼんやりと云った。

「のむもの、たべるもの、何か持ってくる、何ほしい？　姫さま」

「何も……食べられ……」

言いかけて、リンダはそっと首をふった。

「そんなことをいってはいられないのだったわね。――カラム水をちょうだい、スニ、それから、ごく小さな軽焼きパンと。それで充分だわ。それだけでも、おなかに入れておけば、少し力が出るでしょう。私は、きょうは、マルガへ戻るために旅に出なくてはならないのだから」

「アーイ」

スニがいそいで出ていった。スニがドアをしめると、室内はまた、暗い夜のつづきにとざされる。リンダはぐったりと上体をまた寝台の上に倒した。

やがて、スニがちょこちょこと戻ってきた。手に盆を持っている。その盆には、カラム水を入れた銀杯と、それに軽焼きパンとスープらしいものを入れた鉢と食器がのせられていた。

「そのテーブルの上においておいて、スニ。いま、起きるから」

「姫さま……ねむねむ、出来たか？」

スニが心配そうにいった。リンダは首をふった。

「眠れるわけがないわ。……一睡もしなかった。お前のやってくる足音もきこえたわ。でもそれで本当にほっとした……ああ、これでもう、暗闇のなかでひとりきりでいなくてもすむのだ、と思って……」

リンダはけだるそうに起きあがり、かたわらにかけてあった部屋着を夜着の上から羽織った。

「カーテン、あけるか、姫さま」

「もうちょっと……もうちょっとこのままにしておいて。結局、私は……ずっと泣いていたわ。目がひどく腫れ上がってしまっていて……まだ、見られたくないの。たとえおまえにでも……」

「姫さま……」

「それでも、あなたがいてくれて、なんとよかったのかしら、スニ。……スニでなかったら、もう、とても……顔を見せる気にさえならなかったと思うわ。……あなたが、間に合うように目をさましてくれて、ほんとによかった」

「アーイ……アイー……」

「そのカラム水をちょうだい。……ああ、あたたかくて……心がやすまるわ。私……」

リンダはふいに絶句した。

それから、カラム水の銀杯をテーブルにおき、弱々しく両手で顔をおおい、うめくようにつぶやいた。

「私……生きているのね。……これほどつらくても、もう朝がこないだろうと思っていてさえ……朝がくれば日がのぼり、マルガへ出発する予定の時刻がせまり、支度をしなければならず――そうしてこれほどすべてが終わってしまったと感じていても……カラム水を飲んでほっとしたり、おいしいとさえ感じる。……生きているって、なんて、罪深いことなんだろう。なんてあさましい、なんて、悲しいことなんだろう」

「姫さま……」

「まだ、全然……信じられないわ。ずっと――ずっとあのひとから……引き離されていて、ようやくクリスタルからグインのおかげで戻ってくることができて……まだ、一回しか、あのひとに逢っていなかったのに――すぐに、グインのところへ戻ってくれといわれて……そうして、もうそのあとマルガ奇襲の話をきいて……そのあとはひたすら、連れ出されたあのひとのために心を痛めているばかりで……とうとう、死に目にもあえないままだった……」

「……」

「私たち……なんて、えにしの薄い夫婦だったのかしら。――一緒に暮らして幸せだった期間は、なんて短かったのだろう。ほんの半年ほどで、あのひとはとらえられ、ランズベール塔で拷問をうけ……生死の境をさまよい……それでも、ああして、マルガやカリナエであのひとの看病をしているあいだは私は幸せだったんだわ。……あのころは、せっかくの新婚の幸せをこんなにむざんなかたちでやぶられて――そして、あのひとのあのかたちのいい右足が切断され、歩くことも出来なくなり——声もあんなにかわりはて——もう生涯寝たきりで暮らすほかはないだろうと宣告されて、どんなにおのれを不幸だと思っていたか……というよりもどれほど、あのひとのために苦しんだか……あれほどになんでも出来て、なんでも素晴らしかった人だからこそ、この変わりようにどれほど苦しんでいることだろうと考えただけでも、私までからだが引き裂けてしまいそうにつらくて……」

「姫さま……」

「ふしぎね。いま、私まるで、あのマルガの辛かった日々——とてもつらいと思っていた日々のことを、まるで、世にも幸せな天国のような日々だったとさえ思っているわ。あのとき、私はあのひとのそばにいた。——いつも、来る日も来る日も、あのひとのそばにぴったりとよりそって、あのひとの看病をし、苦しむあのひとの手足をそっとさすってあげることだってできれば、私のこの手であの美しい髪の毛をくしけずることも——あのひとに話しかけ、返事をもらうこともできたのよ。……なんてことだろう。あんなに幸せだったのに、私は、あんなに不幸だと思っていたなんて……」

「……」

「そうして、そのあと、私がクリスタルに出かけて……レムスに幽閉されてナリスから引き離された日々のことだって……いま思えば、あのときには、ほとんど魔道で眠らされてしまっていたせいもあるけれど……いったいこのさきパロも自分もどうなってゆくのか、わからなくて、とてもとても不安だったけれど……起きているときにはね。だけれど、それでも……いつかまた会えると思っていられた。信じて、希望をもっていられた。……おかしいわね。あのときでさえ、私、幸せだったんだわ。いまに比べれば……どんなにか」

「姫さま。──姫さま」

スニはちょこちょことベッドに近づいて、また崩れるようにベッドに腰かけたまま両手に顔を埋めてしまったリンダの膝にそっとちいさな手をかけた。

「姫さま。元気出して」

「なんて、私、何も知らなかったのかしら。……生きていれば、いつかは会える。少なくとも、会えると信じていられる……だけど、いまは──いまはもう、あのひとはいない……どこにも、この世のどこにも……あちらの部屋にいるのはあのひとのぬけがら──あのひとは、いってしまった。向こうの国へ、遠すぎるところへいってしまった……」

「姫さま──」

「心配しないで、スニ。おかしなことだわ。私、そんなに悲しくはないのよ。というか……胸が張り裂けてしまったりはしないのよ。そうして、私……本当は、そのことを一番つらいと感じているの」

「……」

「もっともっと、ただ悲しくて、ただ愛する夫がいなくなってしまった哀しみにうちひしがれて、胸が張り裂けてしまっていたらどんなにいいかと——むしろ、そのほうがきっとずっと楽だったのに違いないと……ずっと一晩じゅう私、考えていたの。——もちろん悲しくないわけがないわ。私はナリスを愛していたのですもの。でもね——ナリスは、ようやく楽になったんだ……やっと、もう苦しまなくてすむ場所にゆけたんだ、もう、からだのいたみに夜通しカイにさすってもらいながら呻吟していることも、二度と起きあがることも自由に行動することも出来ないのだという恐しい苦しみに必死で耐えて、その絶望を私に——妻である私にみせまいとおだやかな顔をとりつくろっている必要もないのだと……思うのよ。それは本当に……なんだか、ほっとするの。そう思うと、なんてひどいことをといわれようと、私——よかったと思ってしまうの。もう、これ以上苦しまなくていい。もうこれ以上、あなたは絶望していることはないのよ——あなたはヤヌスの天国で、またあのすこやかな美しい五体と健康と、そうして輝くような美しさを取り戻すのよ、ナリス——そう、思うの」

「……」

「でも、そう思う一方で——なんだか、私……まるで、自分がすべての感情が壊れてしまったような気がして——恐ろしくて、なんだかむしょうにすべてが恐ろしくてたまらない気持がするの。誰かに助けてほしい、すがりついて叫びだしたい、そんな気持がしているの。——なんだか、何を信じていいのか、何をどう感じていいのか……全然わからなくて——このさきどうしたらいいかなんて、まったく決められなくて——食べることも眠ることも、息をすることさえ何もかもできなくなってしまったような気がするのに、でも、まるで人形のように朝がきたら起きて、前にだされたものを食べて——そうすると、カラム水をおいしいと感じたりする、そうすると、おそろしいほど、罪の意識がこみあげてきて——思うの。ああ、ナリスはもういないのに、私は生きている、私は生きている、生きているということは、感じることで、そして私は、カラム水をおいしいとさえ感じている……ナリスはああしてもう苦しみも絶望もなく何も感じることもなくなってしずかによこたわっていて、まもなく埋葬されてしまうのに、私はここにいて、こうしてカラム水を飲んだり、朝がきたと思ったりしている……ナリスのようなひとがもういないというのに世界は何ひとつきのうと変わらないようにみえる、それが一番、おそろしくて、むごたらしくて……スニ」

「アイ……」

「スニ。——おお、スニ。——あのひとは……ナリスはもう、決してカラム水を飲むことはないのよ。……あんなに熱くして甘いのがいいなんて、どうかしているって、私いつも……笑ってあげたものだったけれど……」

「姫さま……」

「死んでしまうというのは……もう、苦しみも感じないことであると同時に、もうカラム水も飲まない、唇に注いであげてもその味も感じないということなのね。……私、なんだかおそろしい、きのう、ナリスの寝ているへやへ入ろうとしたとき、足がすくんで、私は王妃なのだから、そうしてナリスにもしものことがあれば、私が神聖パロの女王となるのだから、見苦しいところをみせてはいけないとどれほど思って、自分に言い聞かせても……ナリスのそばへよることが出来ないくらい、私、からだじゅうがすくんでしまっていたわ。そうして、見たくない、見たくない、見たら信じなければならなくなる、信じられない、信じるわけにはゆかない、って……」

リンダは顔をおおって、またベッドの上に突っ伏した。スニはおろおろとリンダの背中に手をかけ、さすってやろうとした。

「姫さま……泣かないで、姫さま……」

「なんだかわからないわ。……自分がなんて何も知らなかったのか……《死》ってどんなものなのかさえ知らなかったのだろうかと——私、たくさんの死を目の前でだって見てきたはずなのに。……お父様とお母様は目の前でじゃないけれど、でも、殺されたときかされてそのますぐに逃げなくてはとせきたてられて……あのとき、廊下で倒れて死んでいた侍女もいれば、目の前で私を守ろうとして肩に剣が食い込み、絶叫しながら死んでいった勇敢な騎士もいたわ。……私の目のまえでいのちをおとしたものたちだって何人となく見たわ……だけど、私、きのう……自分がこんなにも勇気のない、いくじなしの人間だったのかと……あらためて、びっくりする心持になって……」

「姫さま……」

スニはしずかにささやくようにいった。

「姫さま。スニ、夢、見てたよ」

「夢……？　なんの——？」

「スニ、ずっとずっと、眠っていたのね？」

「……そうよ、スニ」

リンダはそっと手だけのばして、スニの小さな毛ぶかい頭をまさぐった。

「スニは、私といっしょにさらわれ、クリスタルの宮殿で魔道の眠りにつかされ——そのまま、眠っているままマルガへ救出されてきて、それからもずっと眠りからさめないままだったのよ」

「スニ、ずっと夢をみてた」

スニはくりかえした。

「ノスフェラスの夢。……アルフェットゥが見せてくれた。……おじいさんの夢、見ていたよ」

「ロトー？」

はっとして、リンダはからだを起こした。

「セムの大長老のロトーの夢を見ていたの、スニ？　あの魔道の長い眠りのなかで？」

「わかんない。……おじいさんに会ったよ、スニ。……おじいさん、スニに前にも夢で会いに来た。わしは死ぬ、そういいにきた。セム、夢でお別れにくることよくある」

「まあ……」

「おじいさん、死んだこと、スニ知ってたよ。……おじいさん、お別れいいにきたから。……スニ遠くにいて、おじいさん、お別れいえない、だからおじいさん夢でスニに会ってお別れいいにきたよ」

「ああ……」

リンダはつと身をおこし、弱々しく、だがしっかりとスニの小さなからだを胸に抱きしめた。

「おまえのことを、私が……私がおまえのふるさとと、家族と、そうしてロトーや仲間のセムたちから引き離したのね。そうして、誰も似たひとのいないこのパロに連れてきてしまった。……すまないと思っていてよ、スニ」

「それすまない、ない。スニ、おじいさんにお別れいって、ノスフェラス出てきたよ。

これスニお仕事、ちゃんとつとめる、おじいさん云ったし。でもときどきノスフェラスの夢みた。でもお別れきたときから、おじいさん、もうこなかった。長い長い夢、夢の中、はじめて、おじいさん出てきて、スニ、姫さまお守りしなさいいうた」

「まあ……」

「それで、だれかが呼んでいて……スニ目さましたの」

「まあ。そうだったのね……」

リンダはひしとスニの小さなからだを抱きしめながらささやいた。

「私も……スニより早く目がさめたけれど——私は、グインだったの。グインに呼ばれて……いまだ、目をさませって……それで、目をさましたらそこにグインがいたのよ……」

「スニ、夢をみていたよ」

もういちど、スニはくりかえした。

「おじいさん死んだ。大長老のロトーおじいさん、もういない。でも、おじいさん、いる。夢のなかにいる。いまでも、いる」

「私を……なぐさめてくれているのね。スニ」

リンダは泣き笑いのようにささやいた。

「有難う。……いいのよ。そんなふうにして、はげまして、なぐさめてくれなくてもいいのよ。私はそういうふうに打ちのめされているわけではないの。むしろ、なんだか……これから先の世界が荒野になってしまったみたいな気がして、どうしていいかわからなくて……なんだか、足もとから、世界がなくなってしまって、何もないところに立っているような気がするだけなの。——私は、結局、あのひとを信じて、あのひとを守るために、神聖パロの謀反にもついてきたし——たったひとりの肉親である弟とも敵同士になったのですものね……いま、私には何ひとつのこされてない……あのひとのかたみになる子供も、あのひととの結婚生活の確かなきずなの思い出も……いま、きっと私が打ちひしがれているとしたら、それは、そのことをつらく思うからなのよ。それだけだわ。……あのひとのためには……本当に、もう、あの苦しみは見ていられなかったのですもの。これでよかったのだとさえ——思っているわ、それに、どうせもう長いことは生きないよって、いつも——あのひとは……まだからだがあんなになる前からなんだか、あのひとは、自分が死ぬときのことばかり考えているようだった……」

「姫さま……」

「そうよ。——あのひとは、自分が死ぬときのことばかり、いつも口にしていて、私はいつもそれをいやがって怒ったわ。あなたはどうしてそんな不吉な話ばかりするの、って——大丈夫よ、たとえいまはどうあれ何もかもいまに笑い話になるわ。私たち二人がずっと年をとって、もうすべてのものめごとからも災厄からもたたかいからも解放され、というよりもかかわりがなくなった老人と老婆になったとき、本当にいろんなことがあったねえ——だけれど、いまになってみれば、それもみんな懐かしい思い出になったねえ、そういって懐かしみながら話ができる、そう思っていたわ。……なんて愚かしいんだろう。なんて、先がみえないんだろう——ひとは、ヤーンの目をもっていないからこそ、安閑と生きていられるのね。あしたを信じて……だけど、そのあしたが何をいったいもたらすのかは……誰にもわかってやしないんだわ……」

リンダはちょっとまた、スニを抱きしめたままこみあげてくる涙をこらえかねた。

それから、かろうじてかみころした。もう、泣いていられる時間はないのだ、ということも、わかってはいたのだ。

「さあ、着替えるわ、スニ……」

しおしおと力なく彼女はいった。

「手伝って頂戴。……喪服なんか、着たくないわ。黒なんか、着たくもない。どうしてそんなことをしなくてはいけないの……そんなものを着たら、なんだか……自分がほんとに簡単に、一晩で、自分の夫の死を受け入れてけろりと認めているんだ、というような気がする。黒をまとってしまったら……私はナリスがもういないんだって、あっさりと認めて……降伏してしまうような気がするわ。だけど、そうしないわけにゆかないのね。みんなきっと、夫を失ったばかりの未亡人が黒以外の色をまとっていたら、なんだ

かんだと後ろ指をさしてそしるでしょう。……なんて、窮屈なんでしょうね、スニ。いっそ、ノスフェラスへでもいってしまいたいわ。こんなパロなんかもう見捨てて、お前といっしょに、お前のふるさとへ。——そうしてしまおうかしらね、スニ。どっちにしてももう、いまのこのパロには私をひきとめるものなんか、何ひとつありはしないんだもの。……ああ、本当にどうして、私、こんなにも……何ひとつ持っていないという感じがするのだろう。どういう手段をつかってでも——あのひととのあいだに、子どもをなんとかして産んでおけたらよかった。そうしたらきっと……まだ、その子どもがあのひととの絆なんだって、私はなんとかしてこの子をちゃんと、神聖パロ初代国王アルド・ナリスの王太子の名にはじないように育ててあげるのだとそれを使命にして生きてゆこうと思うことができたわ。……だけど、いまは……何もない。私には何もない……なんにもない……」

「姫さま……」

心配そうに、おろおろと見守るスニに手助けされながら、それでもリンダはよろめくように起きあがり、きのうから女官が用意していた黒いドレスにいやいやながら着替えた。そうして、豪奢なプラチナブロンドの髪の毛もきりりとひっつめ、飾りのかわりに真珠を編み込んだ網で髪の毛をまとめただけで、黒いレースのヴェールを上からかけた。そうしながら、おのれが夫の死をいたむ未亡人としての支度をととのえている、という事実に、いやでたまらぬように身震いした。スニにすすめられてなんとか軽焼きパンとスープを少し口にすると、リンダは力なくヴェールを顔の前におろし、そうして、とうとうカーテンをあけないまま、暗いままだった寝室からいやいや出ていった。

「ああ……世の中に出ていって、物見高い連中に私の悲しみや苦しみをさらさなくてはならないなんて」

リンダは低くつぶやいた。

「でも……そうね、この喪のヴェールだけは、なかなか聡明な考えだと云わなくてはならないわね。……これがなかったら、私、何があろうとも、私がどんなふうに悲しみにくれているか、私がどんなにきのう一睡もせずに泣き濡れていたかなんてことにばかり好奇心を燃やしているんだろうあかの他人たちの前に出る勇気なんか、持てなかったと思うわ」

「――女王陛下」

外の廊下に出たとたん、心配してそこに膝をついて待っていた女官にそう呼びかけられて、瞬時にリンダの心はひるんだ。スニがしっかりとかたわらでリンダの手をとっていなかったなら、そのまま暗くて安全な寝室のなかに逆戻りしてしまったかもしれない。

「女王陛下、お加減はいかがでございますか――？」

「女王陛下って、私のこと？」

思わずリンダはそっと口のなかでつぶやいた。

「よしてちょうだい。まだ、ナリスはそんなに簡単に埋葬されていやしないわ。……まだあそこに、ちゃんと神聖パロの国王陛下がおいでになるというのに、なんてことをいうのかしら——女王陛下、だなんて……あのひとがいなくなったとたんに、とにかくなんでもいいから、あとをつぐ人間さえいればいい、とでもいうみたいに」

むろんそのつぶやきは誰にもきこえるようなものではなかったが——

だが、ベテランの女官のほうは、おのれの心配ごとにおしつぶされていた。

「陛下。……私たちは、どうなるのでございましょう？……神聖パロは、どうなってしまうのでしょうか？　私たちは……クリスタルに帰順するのだと申しているものがございまして……みんな、ひどく動揺しております。ことに若いものたちには何をいいきかせても、もうアル・ジェニウスがおいでにならない以上、神聖パロはほろび、私たちはみなクリスタルに降伏するほかないのだなどと口さがないことを申して……」

「誰なの。そんなことをいっているのは」

きっとなってリンダは叫んだ。そして、怒りのあまり、ヴェールをはねあげてしまった。

「とんでもないわ。ナリスの志がたった一夜にしてついえてしまったとでもいうの？　私たちはそれほど、たのむ甲斐なき衆生なの？　私がここにいるわ——私がここにいるかぎり、神聖パロはついえたりしない。そうに決まっているでしょう。私は——私は神聖パロの女王なのよ」

「おお……それをうけたまわって、本当にほっといたしました。早速、若いものどもに、そうどやしつけてやります」

「下らぬことをふれまわって人心をまどわせるものは、処罰すると云いなさい」

するどくリンダはいった。そして、その怒りが燃え立ったのでむしろやっとかなり自分の悲しみから抜け出して、多少の力をとりもどしたが、しかし内心、こっそりとつぶやかずにはいられなかった。

(生きているのね、私。……これが、生きているってことなんだわ。それって、時としては、そう……そうそういいことばかりでもないって気がしてくるわ、ナリス!)

やらなければならないことがたくさんあって、悲しんでいるどころではない、というのは、リンダばかりではなかった。

2

むしろ、ヴァレリウスのほうが、立場上、いっそうそのとおりであっただろう。

いや、宰相であるヴァレリウスのほうは、いまや、すべての取り仕切りの責任がその痩せた肩ひとつにのしかかってきて、この一夜というものは、ほんのちょっと横になってからだを休めるいとまさえもなかった。ひっきりなしにあちこちと連絡をとらねばならなかったし、命令を下さなくてはならなかった。葬儀のだんどりも決めなくてはならなかったし、すべてがちょっとでも遅延すれば四方八方でたいへんに不愉快な事態が到来する恐れもあった。たとえ小なりといえども、実体はいまやあってなきが如きものになっていたとはいえ、一国の国王が逝去したとあるからには、それにともなって大きな変動がやってくるのは避けられないことでもあった。

もはや、それゆえ、ヴァレリウスには、おのれの悲しみをひそやかに胸に抱いていることさえ許される場合ではなかった。すべてのものたちがヴァレリウスの命令を求めて騒いでいたし、しかもそれは大半が悲しみにくれてわけがわからなくなっている連中であったのだから、ヴァレリウスの負担はいっそう大きかった。

「宰相閣下。……グイン陛下が、ケイロニア軍をひきいて、クリスタルに進発すべく、準備に入る、との御伝言がございました。のちにお目にかかりにこられる、とのことでございます」

「ああ……」

まるで足もとから鳥がたつように、波がひくように、人々が、すべてが、この小さな村から立ち退こうと焦っている——

そんな思いが、ヴァレリウスをとらえた。

「のちほど、お目にかかりたいとお伝えしてくれ」

「かしこまりました」

「ゴーラ王イシュトヴァーンどのも、同じくゴーラ軍を、撤退の準備に入るよう命じられたようで、ゴーラ軍中にあわただしい動きがあります」

「ああ」

これには、ヴァレリウスはいたって冷淡なうなづきをかえしただけであった。

「わかった」

（どうとでもするがいい）

　こちらに対するヴァレリウスの真意は、ことばにしてしまえばそれである。

（所詮、お前など、俺の思いとは何のかかわりもありはしないのだぞ、イシュトヴァーン——どうして、あのときに、あの運命の湖の小島でお前をこの手で葬り去っておかなかったのか——いま、俺がくやむことがあるとすれば、それだけでしかないのだぞ……）

　だが、それももう、いまとなっては、恩讐の彼方である。

「リンダ陛下はお目覚めか」

「はい、さきほど、お着替えをおすませになり、陛下の……ご遺骸のかたわらに、もうでておられます」

「ただいま、ヴァレリウスがうかがうゆえ、そちらでお目通りをお願いしておいてくれないか」

「かしこまりました」

　神聖パロの小姓たちも、近習たちも、そして騎士たちも、みんな、まるで、何かしら魂が抜け去ってしまったとでもいうかのようにぼんやりとしたようすをしていた。目を泣き腫らしたものもたくさんいるが、それよりも、大半は、まだおこった事態がよく飲み込めないかのようにどこかぽかんとした、茫然としたような表情をしている。

ことに、それは、ナリスに近く仕えていたものほど、そうであるようだった。

誰もが、まだ信じることができないでいる。――たとえ、寝たきりでも、ずっとイシュトヴァーンに拉致されてゴーラ陣中にあったとしてさえも、どれほど、アルド・ナリスの存在が神聖パロにとって巨大なものであったのか、それを、いまさらのように、みなが感じ直しているかのようだ。

ヴァレリウスは、おのれのためにあてられていた一室から、花々にくまなく囲まれた廊下に出た。

たちまちむせるような花のにおいが彼をつつむ。――何回か、いろいろな用で室内と廊下を出入りしたけれども、そのたびに、彼は、そのむせかえるような花の香りに、何かひどくかんにさわるもの、異質なものを感じて苛々した。

(なんて強い花の香りだろう……息ができなくなる……)

もともと、花を愛し、ことのほか、花に包まれているのをめでていたのは、亡きひとのほうであった。ヴァレリウスは、つねに本当をいうと、どちらかといえば、花の香りが苦手であった。

ことに、ナリスのことのほか好んだルノリア、ロザリア、フェリア、などの、それぞれおもむきは違うがつよいかおりのたつ花々は、ヴァレリウスは、自分は好かないとひそかに思っていたのだ。サルビオは別だった――それは、ナリスのもっとも愛用した香水のかおりでもあったし、その高雅でおくゆかしい、それでいて甘い誘惑的なかおりそのものが、ナリスを思わせるものがあった。サルビオはもともときわめて高価な香水であったが、クリスタル公がことのほか好んでおられる、という評判によってますます珍重されるようになったものだ。

だが、いまこの喪の家には、サルビオはない。いまはサルビオの花の季節にはほど遠い。

(どこかで、温室栽培のサルビオでも手に入れられるのなら、ご葬儀の柩には……サルビオの花、ルノリアの花で埋め尽くしてさしあげたいものだが……)

ことし、ルノリアが満開だったころには、まだ、ナリスはカリナエにいて、謀反のたくらみにひそかに情熱をかたむけていたものだった。

あれから、まだ、次の年はめぐってきておらぬ。ルノリアが咲くには——ルノリアは、温室ものもあるから、絶対に手に入らないわけではなかったが——まだずいぶんと間があるだろう。

(だが……ルノリアはいくつか、せめてお顔のわきに置く分くらいは入手してさしあげないと……)

ひっそりとしたこの村長の家は、隅々まで、ありったけの花に飾りたてられて、また、まるきりうつつの場所ではないようなありさまを見せている。

花が両側に飾られた通路を歩いてゆきながら、ヴァレリウスは、まだなんとなく花々に対して敵意を燃やしていた。

むっとするほど強烈な、青い葉のにおい、甘い花のにおい、それらに包まれて廊下をわたり、両側にロザリアを並べた室の入り口にきたとき、そちらの扉をあけて出てきたのは、ルナンであった。ヴァレリウスは道をゆずろうと片側に寄り、丁重に頭をさげた。

老いた聖騎士侯ルナンは、娘のリギアに支えられるようにして出てきたが、何ひとつまわりのものも目に入らず、そこにヴァレリウスがいることとさえ気づかぬようすであった。聖騎士侯の正装に、礼装の帽子をつけてはいたが、わずかこのしばらくで、びっくりするほどルナンが年を取り、百歳の老人とさえ云いたいくらいに痩せてがっくりと腰までも曲がってきていることに、ヴァレリウスは何の感動もない目をむけた。中途半端な情緒は、ヴァレリウスのなかではすべて死に絶えてしまったかのようであった。

「お父様。……お父様、ヴァレリウス宰相が……」

こちらはすっかり目を泣き腫らし、重たい喪服に身を包んで、いたいたしくやつれたおももちのリギアが、そっと老父にささやき、注意をうながす。だが、ルナンにはそれが聞こえたとも思われなかった。ルナンは、まるで何も見えず、きこえないかのように、そこにいるヴァレリウスを無視したまま、心配してもう一度声をかけるリギアにも答えないままで、そのままそこを通り過ぎていってしまった。

あわててあとを追いながらリギアがそっとヴァレリウスに向かって頭をさげた。だが、ルナンはそれにもやはり心づくようすもなく、まるでまわりには何ひとつ存在していない、とでもいうかのようなおぼつかぬ足取りで、花に飾られた廊下を曲がっていってしまったのだった。

ヴァレリウスはしかし、ルナンのようすにも、リギアのうち沈んだようすにも、心をとられるようでもなかった。

一見した限りでは、むしろヴァレリウスのようすはきわめて平静に——ルナンやリギアのその悲嘆にくれたり、茫然としているようすのほうがはるかに納得のゆくものに見えたかもしれぬ。ヴァレリウスのその落ち着いた物腰や、涙のあとひとつない痩せた顔には、何ひとつ変わったことさえおこったとは思われぬようなしずけささえ漂っていたのだ。

ヴァレリウスは入り口を守っている衛兵にかるくうなづきかけ、そのまま室内に入っていった。昨夜、彼が自分で指図して花という花を飾りつけさせたその一室は、一夜たってますます花と、そしてひっきりなしにたきこめられている香のかおりでむせかえらんばかりで、この室の中だけまるで季節も、場所も違う世界のような一種異様な感じさえもあたえた。

ヴァレリウスは壁をすべて埋め尽くすほどにたくさん、ナリスの二番目に好きな青いロザリアの花を壁ぎわにならべ、段をもうけてさらに何段にもわたってロザリアを並べさせていたので、その室はぱっと入った瞬間には、まるで青ひといろにいろどられているようだった。それから、奥の神聖な一画をかたちづくっている、白とうす紅色のユーフェミアが目に入る。花にすっかり埋もれたベッドの天蓋の下に、あらたにすける白いレースの幕がかけられて、その奥をいっそう神秘的な静寂に包み込んでいた。

ベッドの手前に大きな、錦織の布をかけた祭壇がもうけられ、そこにろうそくがゆらめいていた。一基がそれぞれ八つづつの枝をもっている豪華な燭台に八本づつのろうそくがともされ、そのあかりがゆらゆらとゆらめいているのだけが、この花に包まれた室のあかりであったので、室内はかなり薄暗かった。その燭台のあいだに、香炉がおかれてあり、そこに香と没薬とがたきしめられていた。ゆらめくうす紫の煙がたちのぼり、室全体をさらにくゆらせている。ヴァレリウスは、無感動な目をその煙にむけた。

祭壇の前にはじゅうたんがしかれて、小さな椅子が両側に並べてあったが、そこには誰もいなかった。黒いドレスに身をつつみ、きっちりと真珠のついた網でまとめた髪の毛に、黒いレースのヴェールをかけた女性のすがたがひっそりと、そのじゅうたんの上にあった。リンダは、膝をつき、ヴェールでおもてを隠したまま、じっと両手を組み合わせて何かをその祭壇の奥にむけて祈っていた。彼女はヴァレリウスが入ってくる物音にもふりかえらなかった。それを守るようにして小さなセム族の少女の姿が、その足もとにうずくまっている。

「リンダ陛下」

ヴァレリウスはそっと声をかけた。リンダはゆっくりと頭をあげ、何かさいごに祈りのことばをつぶやいてから、こうべをめぐらしてヴァレリウスを見た。

「ああ、ヴァレリウス宰相。お疲れさまです」

ゆっくりと立ち上がって、かたわらの椅子に腰をおろす。スニがその足もとにうずくまる。リンダはほとんど飾りのない、黒いドレスに、黒いケープをかけており、胸にひとつだけ、真珠をつけた祈り紐が下がっていた。すけるヴェールの下からのぞく顔は青白くやつれていたが、それでも、こんなさいでも彼女は美しかった。

「おやすみになれましたでしょうか？」

ヴァレリウスは静かにたずねた。リンダはヴェールのかげから首をふった。

「いいえ……一睡も。でもお気になさらないで、あなたもそうだったと思うし、それに、朝がきてほっとしたわ。……あなたこそ、ちょっとはお休みになれて、ヴァレリウス？」

「いえ、もう、私のことなどは……どうでも」

ヴァレリウスはひっそりと云った。そして、いかにも身分のきわめて高い貴婦人に対する礼をつくすように、リンダから一番遠い椅子に腰をかけた。

「あまり、おやすみになれなくて、お疲れでしたら、このような話をしなくてはならないのがまことに申し訳ないのですが、どうあれいずれはしなくてはならぬお話でございますから……」

「ああ、私のことなら、そんなに気を遣って下さる必要はないのよ。私は、自分の責任と立場については自覚しているつもりだわ」

「そうおっしゃっていただくと助かります」

ヴァレリウスはうっそりと云った。

「それでは早速、お話させていただきますが……まずは、ナリスさまの……アル・ジェニウスの、ご葬儀のことです。それからもうひとつは、アル・ジェニウスのご墓所のこと。場所を選定していただいたり、また、それにかけられる費用のことなどもご相談せねばなりません。——それから、これが一番申し上げづらいことですが……神聖パロの去就について、及び……神聖パロの王位のゆくえについてでございますが」

「ええ」

何も驚いたようすもなくリンダは答えた。

「葬儀については、どのように考えて？」

「さようでございますね」

ヴァレリウスはうち沈んだ声でいった。

「たいへん、申し上げにくいことを申し上げねばなりません。……いま、わが神聖パロは……ほとんど、国家予算というものが成立いたしておりませぬ。……なんとか、とりあえず、アル・ジェニウスの御安息のためにも、サラミス公のおなさけにすがって、借金させていただいて……ということになるかと存じますが、あのマルガ奇襲もございましたし――もともと、そもそもがああした成立をしたところでございましたし……それに、マルガ奇襲ののちに、ゴーラ軍が、わずかばかりあった備蓄食糧をもすべて食べつくし、マルガの市民たちはそれこそ飢餓のあまり、死にひんしているにひとしい危機を迎えていたような状況です。……マルガに戻り、マルガ離宮でご葬儀をいとなむのがもっともアル・ジェニウスのお心にはかなうとは存じますが、いまの……いまのマルガはそれに対応すべき何ひとつ……ございません。この花にせよ、サラミス公ご姉弟のご厚意にすがらねば、とうてい我々神聖パロの政府残党では調達できないものでございました。お恥ずかしいかぎりでございますが」

「そんなに……」

さすがに衝撃をうけたようすで、リンダはちょっと絶句した。

それから、くちびるをかみしめ、ぐいと頭をふった。

「そんなに窮乏しているのに、まだいろいろとやりくりさせていたというわけね。苦労をかけて、本当に申し訳ないわね、ヴァレリウス宰相」

「とんでもない。私など、苦労などなにもいたしてはおりません。ただ、なんと申しましょうか……戦時中というものは、かえって逆に、非常事態ということで、もろもろはこびやすうございますが、それがいったん……日常に戻ってしまいますと、やはり——いまからしばらくが、神聖パロにとっては、一番、大変な状態になるのではないかと存じます。もう、神聖パロという国家——といっていいのかどうかわかりませんが、とにもかくにも神聖パロ政府、という主体はほぼ稼働しておらぬにひとしい状態で……マルガ攻防戦によってほとんどの重臣、武将を失っておりますし、全面的にサラミス公ご姉弟のご厚情にすがるとしたところで、サラミスとても、かなり富裕とは申せパロの一地方であります。そしてカレニアはほぼ壊滅状態にあえいでおりますし……カラヴィアはまたカラヴィアの利害がございますから、そう簡単には……」

「お金がないの？」

ためらいがちなヴァレリウスのことばをうち切るようにして、リンダはきわめて即物的にきいた。ヴァレリウスはうなだれた。

「そのように申し上げねばならないのが、きわめてふがいなくて我ながら情けなくなりますが。……はい、そのとおりで……」

「ナリスの……ナリスのお葬式もまともに出せないくらいに？」

「はい。……ともかくも、現在のこの状況では、目の前にケイロニア軍もいればゴーラ王とその軍隊もおります。なんとしてでも、どのようなことがあってもアル・ジェニウスに恥をおかかせするわけにはゆかぬ、ということで、サラミス公もサラミス公姉さまもたいへんご尽力下さいましたが……何を申すにも、神聖パロの初代国王にして、伝統あるパロの最高の王族、そしてクリスタル大公とまでいわれたおかたです。……そんじょそこらの者の葬儀のようなわけには参りませんし……御墓所にしたところで……」

「ヴァレリウスは、このひとのお墓について、どうしようと思っているの？」

静かな声で、リンダはきいた。ヴァレリウスはうなづいた。

「私ひとりの希望を申し上げてよろしいのでしたら……私は、とりあえず、マルガにお連れして、しばらくは仮埋葬になりますが、離宮内でお眠りいただき、そして、準備ができしだい、リリア湖の湖中にひっそりとある小さな島がございます、そちらをおんくつきとして、そちらにてやすらかな眠りについていただけたらと思うものですが……ただ、その……そのためには、どう最少限に見積もりましても、そのう、二万ラン程度の資金は必要になるかと……湖の小島に御墓所と廟を建設する費用、そしてそちらに、お眠りをさまたげる愚か者のないよう衛士をも配置し、お参りにくるかたのための建物も最低限は必要になるかと存じますし——あちらの島にはナリスさまの小さなご別邸がございますが、そのままではとてもむろんのことに廟としては使えませんから……アル・ジェニウスご自身は、おそらく、ジェニュアの、パロ王家の代々の墓どころにお入りになる、などということはまったく望んでおられなかったと思いますし、もういまの状況下では、当然ながらレムス王の仕切っているクリスタルでそのようなことはできる状況ではございませんが……それでもご葬儀となればジェニュアに取り仕切ってもらわねば、かたちが作れません。が、ジェニュアは現在すでにレムス王の勢力圏内にございますから、はたして、ジェニュアからの僧侶、神官、祭司などさえ、派遣してもらえるかどうかというような状態で……」

「まあ」

ゆっくりと、云われたことばを嚙みしめるように、リンダはつぶやいた。

それから、もう一度、つぶやいた。

「まあ」

「この世で最愛の伴侶を失われ、これほどお若くして未亡人となられて悲嘆にくれておられるリンダ陛下に、このようなことを申し上げるのは、まことにしのびないものがございますし……」

ヴァレリウスは口ごもった。

「私自身、このようなあまりにも現実的ないやしい事柄であのかたのようなかたのご最後をおとしめるような気持がいたして、本当に気が進まないのでございますが……しかし……」

「そういっていただけるのは有難いけれども、ヴァレリウス。そんなことをいっていられる場合ではないと思うわ」

リンダは気丈にいった。だがさすがにその手は、黒いスカートの上でかすかにふるえながらかたくレースの手布を握り締めていた。

「もっと、現実的に、実際的にならなくてはね。——本当に長いあいだ、私たちに欠けていたのは、そういう考えかただったのだと私思いますもの。いまさら遅いかもしれないけれど、いまからでもいいから、ちょっとだけは実際的にならなくては。なんでもいって下さい。どんな聞きにくい話でも、いやなことでも、飾らずにいって。本当に私、これまで何もかも、あなたとナリスとにおしかぶせて、何ひとつ自分では波をかぶらないままできてしまったのだといまさらながら思うわ」

「とんでもない。……リンダさまは本当にこれまで、よくやっておいでです」

ヴァレリウスは云った。

「では、もう、こういうさいですし、ご面倒なことばを飾ったりとりつくろったりもせずに申し上げましょう。いま申し上げたこの、ご葬儀の話、それから御墓所の話、そして神聖パロの王位継承のお話、これは実はみんなひとつのところにさいごはまとまってしまうことになっております。——このままで参れば、ご夫妻にはお子さまはおありになりませんし、当然、リンダさまが、女王として神聖パロの王位をおつぎになることになられます。そして、リンダさまがたとえばこのままレムス・パロとの戦いを維持なさろうとした場合、もう、神聖パロはそれに対応すべき、人員も、軍備も、兵馬も、そしてお金もすべて底をついて、というよりもすべてを失ってしまっております。――しかし、神聖パロ、というものがあればこそ、サラミス公ご姉弟もお金を用立ててくださったり、花を買うためにおしみなくお力を貸してくださったりしております。このさき、神聖パロがどうなるか、それしだいでは、ナリスさまのご葬儀や御墓所さえもあやうくなるかもしれません」

「なんですって」

リンダはさすがにちょっと息を吸い込んだ。

「ナリスの……葬儀さえも出せないかもしれないというの。お墓さえも作れないくらい、それほどに窮迫してしまっているというの、私たちは」

「本当は……かんたんにいえばすべてを失った、といったほうがよいような状態だったのですから……もともとが」

ヴァレリウスはにがく云った。

「多くの義勇軍、カレニア兵やサラミス軍、そしてルナン騎士団やリーズ騎士団、そしてほかの聖騎士侯騎士団の残党が、神聖パロを見捨てて離れてゆかないでくれたのは、ただひとえに、かれらがみな、うちそろってなみはずれた忠誠心をナリスさまに対していだいていたから、というそれだけでしかございませんでしたのです。むろんその忠誠心はリンダさまにも——こうなったからにはこれから先はすべてのその忠誠はリンダさまに向けられることと存じます。しかし、神聖パロ、というものをこのさきどうしてゆくか、それによっては……かれらとても、いかに忠誠であっても、生きてゆかねばなりませんし、そのためには食わねばなりません、金も必要になります。そして、もう長いこと、神聖パロは、おのれの持っているどの軍隊にも、どのような使用人にも、給料というものをまったく支払えておりません。これはむろん、払う意志がないわけではなくて、払う金がなかったという話ですが。それでもみんな献身的に仕えてきょうまできてくれました。……これはもう、なみはずれた忠誠と愛情であると——私はそのことを思うと胸がせまる気持がします。しかし、それも……マルガ市民も、本当に、自分たちの隠していた糧食をさしだしてまで、ナリスさまとその周辺に不自由をかけさせまいとしてくれました。しかし、その残してあったさいごのさいごのひとかけらまで、イシュトヴァーンの率いるゴーラ軍に奪いつくされ、家は焼かれ、人々は殺され、傷つき——漁をするための舟までも破壊されてしまい、もう、マルガははっきりいって、廃墟でしかありません。このあと、いったいどうやって再建すればいいのか、それまでにどのくらいの時間がかかるのか、想像もつきません」

3

リンダは、そっとまた両手を祈るように組み合わせた。

辛そうに、その手のあいだにレースの手布をねじりながら、じっと耐える。スニが心配そうにリンダを見上げ、ヴァレリウスを見上げている。

「事実上、マルガにこれ以上の負担をかけることは私には……こんなお話を、アル・ジェニウスのおん前でおきかせするのは、本当に私はいやなのでございますよ。でも、もう、ここでするしかありませんし……ちょっとは、ナリスさまにも、いまからでも遅くはないから、きいていただきたい。——それは、逆に、マルガの人たち、カレニアの人人、クリスタル義勇軍の兵士たち、そして神聖パロにくみしてくれたすべての人々が、どれほどたぐいまれにナリスさまに忠誠であり、ナリスさまをお慕いし、ナリスさまのためにためらわずいのちをお捧げしたか、という涙なしではきけないようなあかしでもあるのですから……」

「ああ……」

「……」

「マルガの人たちは後悔していないと思います。……そして、アル・ジェニウスがこうなられたいま、かれらはさいごまでおのれが忠誠を貫いたことを最大の誇りにしていると思いますよ。でもそうであればあるほど——」

「……」

「いまの、マルガにはもう、いっさいこの上の負担をかけることは、あまりにもむごい……むしろ、かれらの忠誠と貴い自己犠牲の心を、ここから先は、我々が悪用して、それこそしかばねに鞭をふるうようなことをしている、ということになってしまいましょう。——マルガがどれほどむごい、ひどい、みじめな状態にいるのかは実は私が一番よく知っていました。一応宰相として、神聖パロの名ばかりの国庫も仕切っておりました……それに、財務官僚などというものもおりませんでしたから、そういうことも、私がなんとかやってゆくほかはなかったですからね。あの時点で……本当をいえば、イシュトヴァーン軍が奇襲をかけたことは、それはいためつけられたマルガにとどめをさすことにはなってしまいましたけれど、逆に、ある意味、それは、私にとっては救いでさえあったかもしれないくらいです……むろん逆説ですけれどもね。あのままマルガにとどまっていたら、おそらく、こんどは我々——神聖パロ自身が、それが存在する、ということによってマルガにとどめをさしてしまっていたでしょうし……そうしたら、どれほどかれらが忠誠でも、そうであればあるほど、我々自身がおのれを許すことが出来なかっただろうし——だからといって、あのままどうすることもできなかったのですが……私は、なんとか、サラミス公か、あるいはカレニア伯を頼ってマルガを離れるのが早ければ早いほど、マルガが救われる、ということは何回かアル・ジェニウスに御進言いたしましたけれども、情勢もああでしたし、それ以前に、ナリスさまご自身のおからだが、そう簡単に、あちこち転々と移動させてよろしいようなものではなかったでしたし……」

「あまりにも……無謀だったのね」

リンダは低い、胸をえぐるような吐息をもらした。

「最初からそれはわかっていたけれど——でも、それにしても、あまりにもすべてが無茶すぎたのね。ほかにどうするすべもなかったのも本当だけれど。あのまま、レムスに、クリスタル大公家の滅亡へとじりじり追いつめられてなすすべもなくいるわけにも、中原にせまる危機をそのままにしておくわけにもゆかなかったのですものね」

「それは、そのとおりです……」

「でも、そうではあっても——本当に、無茶で……無理だったんだわ。それでも、しなくてはならなかった。——ナリスは、きっと、謀反に乗り出せば、さいごはこうなるんだと……いまのようではなかったとしても、どこかでこういうことになってゆくのだということはきっと、知っていたわ。一番あのひとが知っていたと思うわ……でも、それでいいと……思ったのね、きっと。あのひとは……そうよ、ナリスはこれでいいと思っていたんだわ……」

「それについては、また別のお話といたしまして……」

いくぶんそっけなく、ヴァレリウスはいった。

「ただ、問題は、ともかくもマルガにナリスさまをお連れして、終生もっとも愛されたマルガ離宮にとりあえずのお休みどころを作ってさしあげるにしても――そのあと、リリア湖の小島に御墓所をお作りするにしても……いまの神聖パロには、国王の落ち着かれるにふさわしい、ご身分にふさわしいご葬儀をする金も、御墓所をお作りする金もない……また、マルガでそれをしようとしても、マルガ自体が――物資も、人員も、何もかもなくなってしまっている、ということでございます。といって――まだ、サラミス公姉にはご相談しておりませんが、サラミス公にそこまでお世話になりっぱなしになるというのも――いや、金銭的なものでは、できるかぎりのことをして下さるおつもりだ、というのは、フェリシア夫人が昨夜、おまいりにおいでになりましたときに、おおせになっておられましたが――しかしサラミスもこう申しては何ですが、あくまでもパロの一地方ですから、そこまでの財源があるというわけではございませんし、また、私としては……サラミスに、ナリスさまの御墓所があるというのは……」

「それは……いやだわ、私」

力なく、リンダはいった。

「こんなことをいって、あなたにばかにされそうな気がするけれど……やっぱり、私……嫉妬深いのかもしれないけれど、フェリシア夫人にたいしては……ナリスの昔の恋人であった、ということをこだわらずにはいられないわ。……たとえそれが、私と結婚するずっと前のことだったじゃないかといわれてもよ。……ばかかもしれないけれど、それで、フェリシア夫人がずっとこののち、ナリスの墓を守っていってくれる、というようなことになるんだったら、私……なんだか、きっと……ナリスをフェリシア夫人にとられてしまったような気がすると思うの。ばかだと思うわね、きっと、あなたは」

「いえ、とんでもない」

用心深い口調で、ヴァレリウスはいった。

「正直申し上げて……私もいささかそのような気がいたしますので……それで、サラミス公のご助力については、リンダさまにご相談申し上げてからと思ったようなわけでして……さよう、そのう、それに、フェリシア夫人がナリスさまの……お墓を守ってくださるというのは……そのう、私もあまり……気が進みませんです」

「そう？　そう思ってくれるのだったら、私、少しほっとするわ」

リンダはうめくようにいった。

「でも、そうしたら、よけい、ヴァレリウスを困らせてにっちもさっちもゆかなくしてしまうことになるのかしら？——サラミスに頼らなかった場合には、ナリスのお葬式をちゃんと国王にふさわしいかたちで出してあげることも、ナリスが眠りたかったところにナリスをやすませてあげることもできなくなってしまうというの？」

「まあ……ほかにも、なんとか……ケイロニアに借金をするとかですね……恥をしのんでの手がいくつかないわけでもございませんが……しかし、問題は、そうしてそこまで無理をして、それで——《神聖パロ》というものがどうなるのか、ということですね。神聖パロがもう、存続しなくなるのだったら、ケイロニアにいったい何の、どういう立場で借金をすればよろしいのか……それこそ、リンダさま個人のお立場になられるか——私では、お金をかしてくれるものはおりませんですからね——でもそうしたら、リンダさまがそのかなり莫大であろうお金をどのようにしておかえしになるのか、というような問題になってしまいますし——むろんまあ、これでケイロニア軍がクリスタルのレムス軍を打ち破って、クリスタルを奪還してくれたとして、リンダさまが、神聖パロではなく、正規の、本来のパロの跡目をおつぎになることになればまた話は変わって参りますが。しかし、これは、いまの段階であてにできることではございませんし……それを担保にお金を、というのはあまりにも不確定要素が多すぎて……グイン陛下のような実際的なかたを動かすことは困難なのではないかという気がいたしますし……」

「実際的――まあ、グインは、お金を貸してくれ、といってそれがナリスの葬儀のためだといったら、それはいやがりはしないと思うけれど……」

リンダは悲しそうにいった。

「そこまで、私たち、窮乏してしまっているのね。――なんで私、もっと早くそういうことに気づかなかったのかしら……」

「リンダさまにこそ、そんな内輪の事情は、もっともお知らせしたくない、というのがナリスさまのお考えでございましたから」

ヴァレリウスは静かにいった。

「しかし、これからは……リンダさまにもお考えいただくほかはなくなってしまいました。――どういたしましょうか。ナリスさまのご葬儀と、それから最終的でないまでも当面の御墓所を、サラミス公にお願いして、そのお力を拝借してなんとかして――それで、クリスタルが奪還されてからあらためて、ジェニュアにもはかり、そして、場所の選定もあらためて、やりなおすということにいたしましょうか。……そのときには、もしかしたら、私は――私はおりませんかもしれませんが」

「なんで」

リンダはするどく叫んだ。それから、死者の前であったことを思い出してあわてて声をおさえた。

ってしまうの？」

「それ、どういうこと。——どうして、あなたがいなくなるというの。——どこかにい

「いまのところ、すべてがおさまるまでは、そしてナリスさまが最終的に落ち着かれる
までではもちろん、私だけは何があろうとおそばにいるつもりでおりますが……まあ、何
がおこるか、それはもう、この世というのは何がいつどう起こっても不思議のないとこ
ろでございますので……」

「あなたのお給料のことなんて、考えたこともなかったわ、私」

驚いたように、リンダはいった。

「そうよね。国というものだって、生活するための組織なんだわ。お金がなければ、ひ
とは生きてゆけないし、忠誠だって、いのちだって、軍だって、お金がなければどうに
もなりはしないのね。私、どうしてそんなこともわからないままでいたのかしら」

「誤解なさらないで下さい。私は——少なくとも私だけは、お給料だの、名誉だの、何
ひとつ望みもいたしませんし、必要もございません」

ヴァレリウスはむっつりと云った。

「ただ——なんと申しましょうか……カイがひと足先におそばにいっていると思うと、
私にせよそれなりに……いろいろと、やりきれないこともございまして……」

「ああ……」

リンダはしぼりだすような吐息をもらした。

「そうね。——あなたの忠誠は、ナリスのものであって、私のものではないんですものね。……私、そのことももう、忘れはしないわ。……ああ、なんだか、この数日のあいだに、私、ものすごくいろいろなことを……これまで、目のまえにあったのに見てもいなかったようなことを、見られるようになったような気がするわ。いったいどうしてこんなたわいもない当たり前なことがわからなかったんだろうと、ふしぎになるほかないようなことを……」

「パロ王家への忠誠も、故国パロへの忠誠も、リンダ陛下への忠誠も、決して忘れているわけではございませんが」

ヴァレリウスはいくぶんすまなさそうにつぶやいた。

「失礼ながら……私の忠誠には、いささかの優先順位がございまして……」

「当然だわ、ヴァレリウス、当然よ。それは本当にそうだけれど……でも、だから、だったらお願い、ナリスのために、ナリスのお葬式とお墓のことだけは、私を助けて頂戴、ヴァレリウス。私、どうしていいかわからないわ。サラミスに頼るべきなのかしら……それしかないのだったら、もう、そうするしかないけれど、でも——」

「ともあれ、それが最終的なものだ、と考えましたら、私のほうもあまりにもちょっと……それは、クリスタル大公、神聖パロ国王とまであるかたのご最後として、あまりに

——心がいたみますので……」

ヴァレリウスは首をふった。

「そうですね。……私から申し上げられることがあるといたしますと……サラミス公のご厚意はいろいろまた別の点でどうあれ拝借しなくてはいけなくなると思うのですが、とりあえず、グイン陛下のご厚情にすがって、当面のことだけでもなんとかなるようなお金を貸していただけるよう、これはリンダ陛下のほうから、おっしゃっていただければ——ケイロニアはいま、世界で一番ゆたかな国ですし、そしてグイン陛下はああいうかたです。事情は充分わかっていただけましょう。ただ、ですね……」

「まだ、何か、問題が？」

「それはおそらく——ナリスさまのご葬儀と当面のお墓について、だけのことになってしまうと思うのですよ……というより、神聖パロを維持してゆくための、リンダさまのご即位式や……そして神聖パロ、というこのあまりにも何の実体もない《国家》をなんとか形式的にでも維持してゆくためのお金を借りてしまうのは——かえすあても何ひとつないわけですし……あまりにも、これまた無謀ではないか、と思うのです。私は」

「ああ……」

「私の葛藤というのはですね。——リンダさまが、神聖パロの新女王として、ケイロニアに借金を申し込めばそれは国対国の外交となる。しかしそのためには神聖パロを維持し、この後もちゃんと存続させなくてはならない。だが、いまのわれわれにはそうするだけの力も人員も準備もない——あえていうなら気力も、ですね。だが、いかにグイン陛下がご寛大でも、ケイロニアの国庫のお金を、個人としての、一個人としてのリンダ・アルディア・ジェイナ姫のために、かなりの莫大な金額を貸してくださる、ということは——それは、万一貸していただけたとしても、そうするとこんどは、リンダさまご自身が、そのおん身に個人的に、その大金の借金をかかえす責務をおわれてしまう、ということなのですね……」

「……」

リンダは驚いたように考えこんだ。

「ああ……そういうこと……私、考えたこともなかった……」

「カラヴィア公アドロンどののことも考えてはみたのですが、公はいまのところ、アドリアンどのをとりかえすことだけにすべての執念を燃やしてほかのものは一切どうでもよくなっておられるようだし……それにカラヴィアもやはりサラミスとおなじくパロの一地方ですからねえ……」

「私個人の財産、なんてものは全然ないのかしら？　ナリスはカレニア王でもあったし、マルガの領主でもあったし……マルガはああなってしまったにしても、それにクリスタル大公としての領地だって……少しは……」

「それはみな、謀反のおりに、レムス王によって取り上げられておりまして……」

いいにくそうにヴァレリウスはいった。

「カレニアについては、結局のところカレニア自体が叛旗をひるがえして、ナリスさまについてゆくことになりましたから、いまだにナリスさまはカレニア王と名乗られても支障ございませんが、そのかわりに、カレニアもまたマルガと同様に疲弊しておりますし——それに、あちらはあちらで、ローリウス伯兄弟を失い、確かまだ、ご兄弟のお子さまは、ローリウス伯のご長男でもごくごく幼いお年頃であられたはずで——あちらはあちらでとても大変な状況ですから……」

「この謀反のおかげで、パロの国内は本当に荒れ果ててしまったのだわね……」

うめくようにリンダはいった。

「でも、ナリスをこのままこうしてここに寝かせておくことなど出来ない以上、私のやることは決まっているわ。……私が、グインに、お金を貸してくれるよう、頼むしかないわ。……何万ランといった？　それで間に合うだけ、貸してくれるように頼むわ。もしもグインがレムスを打ち破ってくれて、パロの王族としての私の持ち分が正当に私のものに戻るのなら、私は何年かかってでもグインにそのお金はかえせるわ。とにかくいま、ナリスをこうしてここにいつまでもおいておくわけにはゆかないもの……」

「神聖パロの存続については、どのようにいたしましょうか？」

「もう、神聖パロ、という国を維持するというのは、とても無理だと思うわ……」

吐息をもらして、リンダは云った。

「それになにより、それは、ナリスがレムスのパロに対抗する大義名分をもつために作り上げたまぼろしの国家だわ。……もしも、グインがレムスのパロを打ち破ってくれるのなら、私だって、パロの王位継承権者として、それはもう、もちろん、パロが二つに分裂していたほうがいいなんてとても思えないわ。いや、それではいけない。パロはひとつであるべきだし、やっぱり『二つのパロ』がある状態は異常なんだわ」

「では、神聖パロの女王として、王位を相続なさることは……？」

「しないつもりよ」

リンダはまた、深い吐息をもらした。

「女王になるのがいやだ、とか責任を引き受けるのがいやだというのではなくて……だっていま、神聖パロという国そのものがもう、ほとんど壊滅してしまっているのでしょう？　少しでも、国民が苦しまない方向で、ということを考えるのだったら、やっぱりきっと、もう神聖パロが存在しないことのほうが正しいんだわ。ただ、それだったらレムスのパロが正しいのか、ということになってしまっても困る。だから、とにかく……神聖パロ、という名前は、すべて取り下げることはしないけれど——レムスのパロがグインにうち負かされたら、そのときに私は安心して、神聖パロの消滅を宣言してもいいんだと思うわ」

「解りました。——ご立派なお考えと存じます」

奇妙な満足そうなようすで、ヴァレリウスは云った。リンダは首をふった。

「それにしても、ナリスのお葬式さえ出せないなんて……そこまでいってしまっているなんて、思いもしなかった。私——私、きっと、何も知らないで本当にとんでもない無茶をいっていたことだって、これまでの人生でずいぶんとあったんでしょうねえ、きっと」

「そんなことはございませんよ」

用心深くヴァレリウスは云った。

「それにこれは、これまでにそんなにあったようなことではございません。——神聖パロの国王のご葬儀にしてもそうですが、謀反にせよ、中原の危機にしたところで。……そんなにいつもいつもあっては困るようなことなのですから、そんなことに馴れているものなど、そういるわけがなくて当たり前です。……それに、あまり御心配なさいませんよう。たとえ、もしグイン陛下とのお話しあいがうまくゆかなかったとしても、ともかく……ヴァレリウスがなんとかいたしますよ。それはもちろん、私はリンダさまよりもさらに何ひとつ自分自身の力だの財力だのというものは持っておらぬ、ただのやせがらすのようなものでしかございませんけれども、たとえどのようなことをしようと、ナリスさまのお身分にふさわしいご葬儀が出せない、などということは——ナリスさまのお墓が、見るかげもない小さなものだ、などということには絶対させません。それはもう、たとえこの身が魔道を悪用して、滅びたとしたところで、そんなことには絶対いたさせません。それだけはご安心下さい。ナリスさまには、最終的に、もっともナリスさまの望んでおられたように、望んでおられた場所に眠っていただきます。そうでなくては、そもそもこの私自身が心のやすまるときさえも一生なくなってしまいます」

「そうね……」

口重くリンダはいった。

「それにいま思ったのだけれど……そういうこともきっと、正直になにもかも打ち明けて、グインに相談してみたほうがいいわ。——私の知恵など、本当に子供の浅知恵のようなものでしかないし、それに神聖パロを存続したほうがいいのかどうか、というようなことだって、グインは……グインの判断がきっと一番信じられるわ。私、きっといまはもう何もわからなくなっているし、何が正しいのか、何が中原全体にとっていいことなのかなんてことは……こんな状態でなくたって、この私にわかるとは思えない。私って——ねえ、ヴァレリウス、私って、まがりなりにもパロ王家の王位継承権者でありながら、本当にこれまで、何も知らず、何も見ず、何も学ばずにきてしまったのねえ……」

「わずか十四歳であのような運命におあいになり、そのあとずっときわめて数奇な運命をたどってこられたのですから、ある意味それはもう、ご無理もございません」

ヴァレリウスは云った。

「しかし、そうですね……やはり、なさけない話ですが、私も自分で、神聖パロの存続については最終的に自信をもって判断することができません。……それについてはやはり、まだおいでのうちにグイン陛下にご相談すべきでしょう。こう何もかも頼ってしまうことではいけないとは思いますけれども、ついつい、ね——ああいうかたがおいでになるというのもよしあしですね。あまりにも何でもわかって下さり、しっかりと支えてくださるのでつい甘えてしまって、おのれの頭であまりものごとを考えられなくなってしまう」

「そうね……」

「でもまあ、それももうこのきょうあすのことでしかありませんが。それにどちらにせよ、クリスタルにむかって進発される前に、いっぺん会見はもたれなくてはならぬとグイン陛下もいっておられました。それにさいして、こちらの立場というものも、つまり神聖パロがこのさきどうなるかということも、確定しておかなくてはならないと考えていたのですが、陛下がそのようにお考えでしたら、そもそもその時点から、グイン陛下にご相談してみたほうがよろしいでしょう」

「ええ、そう、それがいいと思うわ……」

リンダが言いかけたときだった。

「陛下。――宰相閣下。お邪魔いたします」

ひっそりと扉が叩かれ、入ってきた小姓が、すまなさそうに膝をついた。

「サラミス公ボース様、並びに公姉フェリシアさまが、アル・ジェニウスへのおまいりと――それに、こちらに陛下と宰相閣下がおられるとおききになって、お話がしたいと……おいでになっておられますが」

「…………」

二人は一瞬顔をみあわせた。

ヴァレリウスの灰色の聡明な目と、リンダの紫のあけぼのの色の目が奇妙な逡巡と、そして、（あらわれたな……）とでもいいたげな一抹の緊張をはらんで見交わされた。それから、リンダは小さく嘆息してうなづいた。

「もちろんよ。すぐにお通りいただいて。私も宰相も、おまちしておりましたとお伝えしてちょうだい」

4

「リンダ陛下……」
入ってきたフェリシア夫人は、リンダよりは相当大柄なからだを、入念に黒いレースの喪のドレスに包んで、そしてやはり、リンダと同じように黒い長いヴェールを髪の上からかけていた。

リンダはいくぶん早くもこの彼女のよそおいに敵意をかきたてられたようにじろりとそれにするどい目をくれた。なぜなら、そのよそおい——黒ひと色で、長い裾をひき、それに黒いヴェールをかぶるのは、未亡人や親族——きわめて亡きひとにちかしい身分のものの服喪のいでたちに、パロの貴族のしきたりでは決められていたからである。レースのヴェールで顔を隠すのは、家族や、配偶者、それに親族の女性どまりで、それ以外の、死者におまいりするために訪れる女性は、黒いヴェールはかぶっていても、それをうしろにあげてピンでとめ、髪の毛をつつみ隠すようにするのが貴族のしきたりになっていた。

それゆえ、たとえフェリシア夫人のほうにとっては、おのれにひとかたならぬゆかりのあったひとなのだから、という意識があったにしたところで、未亡人となったリンダの前に、同じレースの長いヴェールを顔の前にたらして入ってきたのは、いささか挑戦的なふるまいといえた。リンダのやつれたかわいらしい顔にかなり険悪なものが走ったのも、無理からぬことではあったのである。

「このたびのご不幸……あまりにも、突然で……あまりにも、思いがけなく、なんと申し上げてお慰めしてよろしいのか、わたくしにはわかりませんけれども……」

フェリシア夫人のほうはしかし、リンダのそんな気持など、とてもかまっているゆとりはない、とさえいいたいほどに、見るからに悲嘆にくれているように見えた。それもまた、リンダにとってはかなりかちんとくることだったのだが。

「わたくしにとっても……こんなことがあるなんて……思いもよりませんで……本当に、あまりに……早すぎて……」

サラミス公姉弟、と告げられたにもかかわらず、最初に入ってきたのは、フェリシア夫人だけであった。

ヴァレリウスがちょっと気にして扉のほうを見やったとき、扉があき、やはり正式の貴族の喪服に身をかためたサラミス公ボースがそっと入ってきた。

「遅くなりまして……ちょっと、ただいま、そちらのほうで、近習から、話をきいていたものですから……」

ボースはわびた。それから、姉をうながして、あらためて祭壇の前にぬかづき、下の段に用意してあった替えのろうそくをとりあげて火をうつして、短くなったろうそくを抜くとそこにたむけた。フェリシア夫人はしきたりどおり、没薬の粉と香木を取り上げて、そっとかざしてから香炉のなかにおとした。

ちょっとくすぶってから、やわらかな紫の煙があらためて立ち上りはじめる。花々のあいだに、ひっそりとその煙が立ち上ってゆく下で、サラミス公姉弟はそれぞれに手を組んで祈りをささげ、それからまた、ヴァレリウスたちのほうに向き直った。リンダはいやいや椅子をすすめた――じっさい、かなり、いやいやだったのである。もともと、彼女はフェリシア夫人とはうまのあわないほうであったし、しかも彼女がまだごく幼くて、何もわからない幼女であったころに、宮廷きっての美女とうたわれていたこの妖花が、彼女の夫の「最初の愛人」となり、この華麗で美しい貴公子を射止める幸運な女性は誰かということがパロ宮廷じゅうの話題の中心となっていたあの遠い昔に、結局フェリシア夫人がナリスの「手ほどき」の相手となった、というのは、当時もう、宮廷がひっくりかえるほどのゴシップの種だったのであった。

リンダはその当時はまことに幼かったのだし、その争奪戦に参加のしようもなかったし、それにほとんどそんなゴシップの正しい意味が理解されるような年齢でさえなかったが——その環境や運命やもともとの気質のせいで、彼女がまたじっさい相当におくてな少女だった、というのはまた別としてもだ——それでも、その話は覚えていて、なんとなく「いやな感じがした」ことも覚えていた。それは彼女にとっては「きれいなナリスにいさま」を汚す、よこしまでけがらわしいうわさ、として感じられたし、もともと幼いころからことのほか潔癖だった彼女にとっては、そんなうわさは耳にするだけでも耳が汚れて腐ってしまうとでもいうような、そんなおぞましさをも感じさせた。

その上に、フェリシア夫人は、ナリスの父であるアルシス王子と、リンダの父であるその弟のアル・リース王子とがかつては奪い合ったというこれまた、華麗にして、不幸な戦いの源にさえなった醜聞に包まれている女性であった。兄弟がひとりの女性を奪いあう、などということさえ、リンダには耐え難かったのに、その上にその片方は彼女にとっては崇拝の対象であった大切な父であった。

そのようなわけで、フェリシア夫人というのは、リンダにとっては、彼女の父をまずたぶらかし、伯父を失意のうちに死なせる運命においこみ、さらに、おぞましくもその子どもであるナリスをさらに誘惑して、親子二代にわたってパロ王家の貴公子たちをまどわすにいたった、とてつもない悪女、魔女そのもの、としてつねに目に映じていた。おまけに、これはあまり大声ではいえぬことであったが、もうひとつのひそかな、だが本当はもっとも許し難い憤懣が彼女のなかには存在していたのも真実であった。

それは、ほかならぬナリスとの恋愛に関してで――つまりは、結局のところ、たがいに愛し愛されている、ということには深い自信をもち、懸命に、自分たちのつながりはきわめて精神的なものである、ということを確信しようとしつづけてはいたが、しかしいかにおくてな彼女ではあっても、もう、「手をつなぎ、腕枕をして一緒に仲良く眠る」だけでは子どもは誕生しないのだ、ということはうすうす知りそめてはいた。それだって相当におくてな話であったには違いないが、リンダはまた、純潔をたっとぶパロ王家の女性としてもことのほかにおくてな少女であったのは間違いのないところだったのだ。

その、（自分の知らぬナリス）を、この女性は知っている――自分のことは、そのように抱こうとはついにせぬままに、そうしたことの不可能なからだになってしまった夫が、このフェリシア夫人とは「そういうこと」があったのだ、と考えるだけで――リンダが逆上しそうになってしまうのは、これもまた、まことに無理からぬことであったと云わねばならぬ。

かつてはパロ宮廷の妖花、中原一の美女とうたわれたフェリシア夫人もさすがに、もはや、リンダの「母のような年齢」であった。まだ充分に美しく、それに華やかではあったものの、もはや「盛りをすぎた花」であることは疑いをいれず、そのあでやかなりし顔にも、あらゆる夫人の努力にもかかわらず、皺ややつれやくまがようやく影を落としはじめていた。それを見るほどに——女性というものが、女性に対してもっとも容赦がないのもまた、当然である——いよいよリンダにとっては、その「老いぼれ」と自分の夫が、自分にはついに与えられぬままに終わったそんなひそかな愛撫だの、みそかごとを持っていたのだ、と考えたら、心おだやかでいられるわけはなかったのだ。

つまりは、どのような意味であろうと、ありとあらゆる意味で、フェリシア夫人はリンダにとっては、本当は「いま一番見たくない相手」であり、「ことばをかわすのさえ汚らわしい」相手であった。フェリシア夫人は、ナリスとリンダとの結婚のあと、失意のままにクリスタル宮廷を立ち去り、故郷のサラミスに引っ込んだので、新婚当時の幸せを満喫していたリンダにとっては、それは完璧な勝利であり、その存在さえもう心のなかから抹殺してしまっていたはずだった。しかし、謀反と、それにつづく苦難の日日が、再び、サラミスと彼女の夫とを、かたい絆で結びつけ、そしてサラミス公騎士団の助けを借りてなんとか戦い抜かなくてはならぬ、ということになって、いよいよ、彼女は、どうあってもフェリシア夫人との同室を拒否できるような立場ではなくなって追いつめられてしまったのだ。

もっとも、リンダはもともと、かっとなるときのほかには、かりそめにも「宮廷一番の淑女」の名をさえほしいままにする貴婦人であったから、いたってしとやかに、おとなしく猫をかぶっていて、まったくそのようなおだやかならぬ内心をフェリシア夫人ごときにぶつけようなどとはしなかったが、しかしその分、彼女のなかにはまことにおさえきれぬ怒りと嫉妬と憤懣とが、ずっとたまっていたのもこれまた、無理からぬことであった。フェリシア夫人がその栄冠を得ていた「パロ宮廷一の美女」の名をひきついだのは、リンダであったし、しかし、ありとあらゆる華やかにしてみだらな艶聞に包まれていたフェリシア夫人とでは、リンダの立場はあまりにも異なっていた。

べつだん、そのようにして大勢の男たちにもてはやされたい、などとはまったく思っていたわけではなかったが、年をとってもなお、若い男たちに言い寄られている、華やかな艶聞がずいぶん少なくなったにもせよ、まだ全部消滅したわけではない、などという、《魔性の女性》であるフェリシア夫人は、ある意味では、十代で、それも幼な馴染みの、小さいころから「いつかは私、ナリスにいさまと結婚するのだわ」となんとなくまわりも、自分も思い込んでいた相手と結婚し、そのまま一切の遊びというものと無縁にきた貞淑そのもののリンダにとっては、あまりにも自分自身とかけはなれていすぎて、理解することもできなかったし、それでいて、どことなくうらやましくもあったのである。自分自身がそんなふうに奔放に、淫奔に生きたいと思ったことなど、夢にさえひとかけらだになかったが、しかし、あまりにも自分と異なるその彼女の生き方には、激しく反発すると同時に、どうしても、心を妙にゆさぶられずにいられぬものもあったのだった。

リンダは、黙り込んで、挑発的に未亡人の前で黒いヴェールをかけて涙をこらえているようなようすをしているフェリシア夫人を見つめていた。

(だって――だって、もう、おばあさんじゃないの！)

リンダの胸のなかにうずまいている、言い尽くせぬ思いをことばにするとしたら、それであっただろう。

(だのに……)

ナリスは、自分にはついにさいごまで与えなかった種類の、ごく普通の男性が女性に与えるような愛情、みだらな行為を、よりによって、自分の母親のような年齢のこの女性には与えたのだ。

ナリスが、「自分には、もうそういうことが不可能になった」と婉曲にいったことは、リンダにとっては、ナリスが自分を望まなかったからではなく、不可能になったから、いつまでも二人の間柄は清らかなままだったのだ、という理由としてひどく重大なものになっていた。だが、フェリシア夫人が目の前に座っていると、そのリンダにとっての神聖な思いはまるでいながらにしてばかにされているようなものであった。ナリスは、自分には決して求めなかったものを、フェリシアには求めたのだ。

(どうして……)

思わず、リンダの目が、おのれと相手の違いを探り、見出そうとする、日頃見せることのない厳しさと憤懣をひそめていたのも、それもまた当然であった。

フェリシア夫人のほうは、しかし、あくまでも海千山千という意味ではリンダのような小娘の太刀打ちできる相手ではなかった。そもそも彼女はまったく、リンダをそういう意味で敵手として認めてさえいないようにみえた。それもまたリンダをひそかにむかつかせる一因であったのだが。

「このようなことを申し上げなくてはならないときがやってくるなど——思ってもおりませんでした。わたくしのほうがこのように年上で……わたくしが死んだあと、ナリスさまに、わたくしのことを思い出していただくのが、何よりもの供養、と考えておりましたのに……」

フェリシア夫人はなよなよと、黒いレースの手布を取り出してねじった。それから、それを目にあてて、そっと涙を拭った。

それから、気を取り直したようすであらためてリンダとヴァレリウスを見つめた。

「わたくし——わたくしと弟ボースとは、昨夜来ずっと相談いたしておりまして……そして、ここはどうあれ、わたくしども、サラミス公家のものが考えたことを申し上げずばなるまい、と思いまして、このような場所ではございましたが、いそぎ、ことが動き出す前にお話をと参上いたしました。……リンダ陛下。リンダ陛下は、このさき、アル・ジェニウスのおんおくつきについては……どのようにお考えになっておいでてございましょうか」

そらきた——とばかりに、リンダはそっとヴァレリウスをよこ目でみた。ヴァレリウスは無表情のままであった。

「どのようにと……申されますのは……」

いやいやリンダは口をひらいた。フェリシア夫人はうなづいた。

「おそらく……陛下のご希望とされましては、アル・ジェニウスのおんおくつきは……もっともお好みであられたマルガにとお考えかと存じたのでございますが……いま、マルガは、ゴーラ軍の奇襲により、あまりにも疲弊し、廃墟同然となっております。……と申して、カレニアはさらに被害が大きく——カレニア伯ご兄弟が戦死されたあと、そのあとめをついでカレニアをおさめる領主さえも、まだ確定しておりませぬようなありさまで……」

「ええ……」

「このようなさいでございますから、ことばを飾らず、思いましたままを申し上げさせていただきますが……リンダ陛下。当面、サラミスにおこし下さいまして、サラミスに、神聖パロ王国の政府、そしてアル・ジェニウスのおんおくつきをお選びになって下さいませ。……もとより、パロが平定され、クリスタルが回復されたあかつきには、アル・ジェニウスにもっともふさわしきところもあらたに選び直せましょう。そのさいには、アル・

サラミスの御墓所は、わたくしどもの思い出と忠誠のようすがとして末永くわたくしがお守りさせていただきます。……ただいま、マルガも、カレニアも疲れはて、そしてマール公領はあまりにクリスタル軍勢力範囲に近く、またマール公ご自身も……こう申しては何でございますが、サラミス、カレニア、マルガほど、アル・ジェニウスのおんためにすべてをお捧げしようという気概をお持ちだったわけではございません。また、何分にもご老齢でおありになりますし――カラヴィアはまた、いまひとつその去就がはっきりいたしませんし――あれこれ、わたくしと弟ボースとで考えました結果、やはり、ここは……神聖パロをお守りし、アル・ジェニウスのおん遺志にそうて参るためには、サラミスにお拠りいただくのが、最良の手段であろうと……そして、それにつきましては、アル・ジェニウスのおんおくつきを、たとえ仮のものでございましても――サラミスに作らせていただければ、それが……サラミスにとっては最大の栄誉ともなり、また末永くアル・ジェニウスのおんために、またそのあとをつがれる女王陛下への忠誠のあかしとなろうかと考えた次第でございまして……」

「姉の申すとおりでございます」

　ボースが云った。

「サラミスは、国をあげて、リンダ陛下と神聖パロ政府とをお迎えいたします。……サラミスもいささか、クリスタル側には近うございますが、カレニア側を選んで場所をみれば、必ずや、アル・ジェニウスにも、またリンダ陛下にもお心にかなう御墓所を選定できるものと存じております」

「…………」

リンダは息をつめた。

（まあ……）

その、つつましやかにヴェールをかけた、そのおとなしやかなようすのかげでは、あんまり大人しいとも言い切れぬ思いが、煮え湯のように噴出していた。

（なんて、おためごかしなことを。……そんなことばにだまされて感動して、よろしく頼むとでもいうと思っているのね。――あなたの魂胆なんて、みんな見え透いていてよ、フェリシア夫人。――そんなことばで、ナリスを――私のナリスを、サラミスに永久に連れ去っていってしまいたいのね。あなたが、私がナリスと結婚したときにどんなに失意のどん底におちて、下らない男に身をまかせたり、にわかに狂ったようにみだらな遊びをはじめたりして宮廷全体のひんしゅくをかったか、私がきかなかったとでも――知らなかったとでも思って？　そしてまた、それを私が忘れているだろうとでも思って？――ご生憎さまね！――私、ひとつとして忘れてはいなくてよ。……あなたは、ナリスを……生きているあのひとを手にいれることができなかったんだわ。だから……口うまく、私のためだといいながら、こんどこそ、どこにも逃げないナリスを自分のものに囲い込んでやろうと思っているんだわ。そうでしょう。そうなんでしょう。魔女――ほんとに、あなたって、魔女なんだわ。いまほどそう思ったことはないわ)

だが、もちろん、そんな思いは、おもてにどころか、ちらりとけぶりにも出そうとはしなかったのは当然であった。それはもう、彼女の気位でもあれば、「宮廷一の淑女」「もっとも貴婦人らしい貴婦人」の衿持でもあったのだから。

「まあ……有難うございます」

ヴァレリウスは、リンダがどのように答えるかを、はかろうとしているかのように、ひとことも口をひらくようすさえ見せない。

リンダは、慎重にことばを選びながら口をひらいた。

「本当にご親切なお申し出で……こんな嬉しいことはございません。私も……このあとどうしてよいか、まだまったくなにも考えられぬような状態でございますから……このようなおりにそんなご親切なお申し出をなさって下さった、フェリシアさまのお優しさについては、一生忘れることはないと思いますわ」

「このような悲しいお申し出をしなくてはならないときが参るとは、思ってもおりませんでしたけれど……」

フェリシア夫人はいかにもやさしげに云った。

「どうぞ、お心をつよくお持ちになって。――このようなことになったからには、もう、すべてはリンダ陛下の上にかかってしまうと存じますけれど……わたくしも弟も、あらんかぎりのお力をおかしして、陛下をお助けしたい、陛下のお力になりたいと心の底から念じているのでございます」

「なんてお優しいおことばでしょう！」

しらじらとリンダはいった。

「でも、わたくし……まだあまりに混乱していて、そんなこと……考えることもできません。というより……あのひとの、墓……なんていうことをまだ考えるほど……事態を、飲み込めていないんですわ。そんなこと、ありうるものだろうかと——まだ、何もかも、また例によってのおかしげな陰謀ではないんだろうか、これもまた、何かの……あのひとの奇矯なたくらみのなせるわざではないだろうかと……ああしてあそこに寝ているのは、誰かまったく別の人なんではないかと——まだ全然、現実感というのかしら、そういうのがなくて……」

リンダはふいにうつむいた。

フェリシア夫人を言いくるめようと言い始めたことばであったはずなのだが、口にしているうちに、それがいまのおのれにとっては、まごうかたなき最大の実感であったのだと、はじめて感じられてきたのである。彼女は必死にこみあげるものをこらえた。

フェリシア夫人は同情的になかば腰をうかせてリンダのもとに駆け寄ろうかと迷うよ

うであったが、これまたぐっとおしこらえた。

「わかりますとも。わかりますわ、わたくしだってまだまったく信じられないのですもの。……それはもう、もちろん……そんなこと、考えたくもございませんでしたけれど……こともあろうに、ナリスさまの——アル・ジェニウスの、お墓どころ……などというお話をするなんて……」

フェリシア夫人は、リンダほどつつましやかではなかったので、そのまま嗚咽をこらえずに手布で目をおさえた。

だが、フェリシア夫人のその嗚咽がふしぎなくらい、リンダをさっと冷静にする効果をもたらしたのであった。宿敵の前で、ちょっとでもくずれたところを見せてたまるものか——とでもいいたげに、リンダはさっと頭をもたげ、きっと唇をひき結び、こみあげてくる涙に源へ帰れ！　と気丈に命じた。

「ですから……私、まだ……せっかくのおことばですけれど、何も考えられないのです。ナリスのために、どうしてあげるのが一番いいことなのか。——あのひとは、とてもマルガを愛しておりましたし、マルガに眠らせてあげたい、というのが、私もヴァレリウスも共通の考えなのです。でも、いま、マルガはあのような状態で……むろん、私がそういってゆけば、とても名誉なお話であると、マルガは市長以下、あげて協力しようとはしてくれるでしょうが、それがどんなにマルガをまたしても苦しめることになるか—

——まがりなりにも神聖パロの初代国王ともなれば——国王の葬儀と、それからお墓なのですもの。あだやおろそかにすますわけには参りません。それに、いま——ヴァレリウスとも相談していたのですけれど、ジェニュアはいま完全にレムスの制圧下にありますし……ということは、私たちは、ジェニュアの、しかるべき身分の高僧や祭司長をお招きしてナリスの葬儀をとりしきっていただくということも不可能だということになります。どうすれば、一番いいのか——いまはまだ、ちょっと心が乱れていすぎて——信じたくない、という気持のほうが大きくて、何も考えられないのですけれど——でも、いずれはどうあっても、それもごく近いうちに考えなくてはならないことなのですけれどもね」

「そうですわ。ですから——そのご事情は充分すぎるほど理解しておりますとも。でも、サラミス公家がこのような気持でおります、ということだけでも、何はともあれ、リンダ陛下にお伝えしなくてはと——ご葬儀やお墓どころのお話はまだそれとしても、神聖パロの政府をこののち、どこにおいてどのように存続してゆくか、ということは、これは諸外国に対してもただちに影響の出てくることでございましょうし——」

「そのことなのですけれど」

リンダはふいに顔をあげた。

ヴァレリウスがなんとなくはっとして、リンダを見る。リンダは、ヴェールのなかからさえ、はっきりとわかるほど、激しく紫の目をきらめかせた。

「わたくし――神聖パロ王国の女王にはなりません。ナリスのあとをついで、神聖パロの王位をつぐことはいたしません。パロ内戦は終わりました。――でも、私、それが……神聖パロの敗北だとは考えておりませんけれども。でももうとにかく、神聖パロはなくなります。これはもう、決めてしまいました。たったいま」

「え……」

サラミス公も、フェリシア夫人も――ヴァレリウスさえも、息をのんだ。

リンダは、決然と小さなあごをひきしめた。死すとも退くまじ、というおももちであった。

第二話　パロの娘

1

「あまりにも、思いきったご決断でしたので——」

フェリシア夫人とボース姉弟が、やや毒気をぬかれたようすで辞していったあと、ヴァレリウスは、しばし、どうしたものかとためらっていたが、ここで話をしておかねば、と考えて、思い切って口をひらいた。リンダのほうは、「神聖パロの王位は継がぬ。神聖パロは存続させぬ」と、最大の支援者であるはずのサラミス公姉弟の前で言い切ってしまったことで、いささか疲れたように、いくぶんぐったりして椅子にかけていた。

「スニ」

ヴァレリウスは気づいてスニをよんだ。

「陛下に、お飲物をお持ちしてさしあげてくれ。——だいぶ、お疲れのようだ」

「きのう、一睡も出来なかったので、それでちょっと参っているだけよ、それだけの話だわ」

リンダは云った。

「そんなに心配なさらないで、ヴァレリウス。私、大丈夫よ。それよりも——ああ言い切ったことで、ようやく決心もついたし、これからどうしなくてはならないか、もずいぶんとはっきり見えてきたわ。よかった」

「たいへん重大な問題ですので……」

ヴァレリウスはつぶやくようにいった。

「こんなに早くご決断が下るとは、思いもよりませんで——しかし、あらかじめ申し上げておきますが、本当のところは、私も、それが一番よろしかろう、というよりも、おそらくそれしかないであろうとは、ずっと考えておりましたのです。ヨナにも昨夜、そのように申しましたし」

「そうするしかなかったと思うわ……」

リンダは、にわかにちょっとおのれの決断に自信をなくしたように、不安そうに、ヴァレリウスのかげからヴァレリウスをのぞきこんだ。

「私……何かとても早まったことをしてしまったのかしら。ちゃんと、あなたに相談してから、こんな重大な決断はすべきだったのかしら。でも……私、あなたも——そうする意向ではないかと思っていたし——私の、早合点だったのかしら？　私、もしかして、とんでもないことをいってしまったのかしら……？」

「そんなことはございませんよ」

ヴァレリウスは請け合った。

「どのようにご決断されるのも、それは陛下のお心ひとつでございますから。——それに、このような重要なことほど、その最高責任者、当事者のご意向、お気持ちを尊重してなされねばなりませんし、それに、確かに私もさきほどいろいろな事情についてお話し申し上げながら、やはり心のどこかでは、これはもう、無念ながらどう考えても神聖パロ王国を存続することは困難であろう、とは考えておりました」

「そういっていただくとほっとするわ、ヴァレリウス」

リンダは深い溜息をついた。そして、ちょうどスニがカラム水を持ってちょこちょこ入ってきたので、ほっとしたようにそのカラム水をとりあげて飲んだ。

「私ね。——私ふいにとても心配になったの。自分がもしかして、公正に、責任と理性をもって、神聖パロの王位継承者として考えたのではなくて……フェリシア夫人に対するおろかしい嫉妬だの、対抗心だの——あのひとを、サラミスに眠らせたくない、あのひとのかつての愛人であった女性の力をかりて神聖パロをサラミスで存続させるようなことはしたくない、というような考えで、あのように口走ってしまったのではなかったか、って。だとしたらそれはとても愚かしいことで……それでもし一国をあやうくしてしまうのだったら、それこそ、それはとても施政者として適性があるとは言えないわね？」

「そんなことはございませんよ。リンダさまは、このようなお立場におありのかたとしては驚くほど冷静に、理性的にふるまっておいでだと思います」

ヴァレリウスは認めた。

「それに、これは何も公式の席の会見でも、神聖パロ存続についての会議の場でもございませんですから……ただ、サラミス公姉弟がいうなれば個人的に、リンダ陛下に御進言をしにおいでになった、というにすぎませんから。もしあとでもろもろお考えになって、やはりサラミス公姉のおすすめをいれて、サラミスに拠って神聖パロを存続しよう、とお考えになったとしましたら、そのまま、公姉弟を呼んで、考えがかわったので、やはりよろしくお願いしたい、とおおせになればすむようなことでございますから」

「ああ……」

リンダはしばらく、カラム水の銀杯を手にもったまま、このヴァレリウスのことばについて考えていた。

それから、彼女は首をふった。

「それは、ありえないわ。——自分でそう口に出してみたら考えがきまった、といったけれども……でも、考えてみたら、それは、私が考えを決める、というようなことではないわね。——そうするしかないわ。もう、神聖パロには、そうする以外の道は残されていないということだわ。——もしも、サラミスに拠点を求めて神聖パロをなんとか存続させようとするとしても——それはもう、本当に有名無実の、名ばかりの国家にしかならないわ。これまでもそうだったのかもしれないけれど——でも、ナリスが生きているあいだには、神聖パロ、というのは、キタイ王に支配されている傀儡になってしまったレムスのパロに対して、正当な王権をパロに回復しようとする旗じるしとしてとても意味があったわ。でも……いまこのようになったからには……」

「さようでございますね……」

「もしも、サラミスに神聖パロ政府をうつしたとしたら、こんどは……私たち、いつサラミス公家が考えをくつがえすのか……そんなことをおそれて過ごさなくてはならなくなるし、もしそんなことはなく、サラミス公があくまで忠誠につくしてくれるとしたら、こんどはむしろ、カレニア、マルガと同じむざんな運命をサラミスにまでもたらしてしまうことになるわ……さもなければ、もたらすのではないか、と心配しながら暮らしてゆかねばならないことになるわ。……どう考えても、無理がありすぎるわ。もう、だって、神聖パロなんていうものは、事実上存在していないんですものね。そうでしょう」

「それは、遺憾ながらそのとおりのようでございますね」

「だとしたら……それをなんとかして存続、というか、本当にちゃんとあるのだ、と思いこもうとすることはとても間違った行動をいろいろ強いてしまうことになると思うわ、私たちに」

「それは、まさしくそのとおりで」

「だったら……ここはもう——私の体面など考えている場合ではないし、私にはそんな体面なんてものはないわ、ありがたいことに。ナリスと違って……ナリスは反乱を首謀した立場からも、引っ込むわけにはゆかなかったでしょうけれど、そのあとめをついで私がもうこんな悲惨な内乱はやめよう、と提案するのだったら、誰も不思議には思わないわ。……ナリスについてきてくれた多くの将兵の死や悲しい運命を、むだにすることになる、ともみんな思わないでくれるでしょう」

「それは……」

「だってレムスは私の弟なのよ。……そして、ナリスは私の夫だったわ。夫と弟のあらそいのなかで、私、夫を選びはしたけれど……いつも、とても辛くて……辛くてたまらなかった」

「おお、それはもちろん……」

「もう、たくさんだわ」

リンダはそっとカラム水の杯を下においてを顔をおおった。

「もうこんな悲しい内乱など、たくさん。パロに平和をよみがえらせたいの。もう、同胞どうしが戦ってそれで同胞の血が流れるなんてことはたくさんよ……」

「それは、まことにおおせのとおりとも存じますし――リンダ陛下のお気持ちとしては、わかりすぎるほどわかりますが」

ヴァレリウスは心配そうに低くいった。

「しかし、それではまさか……クリスタル軍に降伏され、すべてをあけわたされるおつもりとおっしゃるのではありませんでしょうね……？　それは、あまりに……」

「おお、そんな！　とんでもない！」

リンダは思わず身震いした。

「それはもう、論外だわ。あなただって――そうよ、ヴァレリウス、私を助けに勇敢にもクリスタル・パレスに潜入してくれたからには……私とあなたのほうが、本当は、いまのクリスタル・パレスにひそんでいる脅威や恐怖については、ナリスよりもかえってよく知っているはずよ。……レムスがおそろしい、生まれもつかぬ怪物に変貌し、そしてアルミナがあの不気味な怪物を産み落とさせられ……パロの宮廷のひとびとがみんな、むざんにも怪物に変貌させられて、私の愛していたクリスタル・パレスがおそるべき怪物の王国に変えられていたのを私はこの目で見たわ。……クリスタル軍に、レムスに降伏したら私たちもあのようになるのよ。魔道によっておそるべき怪物や傀儡の人形のような意志をもたぬ存在にかえられたり……キタイ王の野望のえじきとなって、あのぶきみな……グインが焼き払ってくれたような怪物をはらませられたり……おお、なんて恐しいこと！」

リンダは両手でしっかりと、つよい寒気を感じたようにおのれのからだを抱きしめた。

「いいえ、そんなことは出来ないわ！　だけど……だけど、とてもずるい言いぐさかも知れないけれど、ヴァレリウス、グインはまもなくクリスタルを奪還しに出発するのでしょう……？」

「はい。支度がととのいしだい、今日中にもとおおせになっておられました。本来明朝に、と昨日はおっしゃっておられたのですが、やはりこれだけの大軍の進発となりますと、さしも手際のよいケイロニア軍と申せ、そう簡単にはゆきませぬようで」

「それを……あてにしてしまうというのは、とても卑怯なことかしら、ヴァレリウス？」

リンダは口ごもりながらいった。

「グインがすべてをよくしてくれ、中原の脅威を追い払い、レムスをもとの私の大事な弟にかえしてくれる――などと都合のよいことを期待するのはあまりに虫が良すぎるというもの？　でも、私……グインならば、何を期待してもこたえてくれるだろう、という気がするの。――もちろん、それが正義の側にあり、そして私たちもまたグインの信頼にこたえて行動している、という前提のもとでには違いないけれども。でも、グインがクリスタルを奪還してくれるのならば、もう神聖パロは必要ないわ。……だって結局のところ、神聖パロというのは、レムスとキタイとから、パロを守るために出来上がった政府だったのだから。……問題は、私たちのパロを守り、本来のあるべきすがたに戻すことであって……神聖パロだの、なんだのという名前を守ることではないはずだわ。そうではなくて、ヴァレリウス？」

「ご立派なお考えです」

ヴァレリウスはつぶやくように云った。

「まさしく、おおせのとおりとは存じます。……だが、しかし、いくさのほうは、そう我々の思ったとおりに参りますかどうか――確かに、ケイロニア軍がもしゴーラ軍とくんでクリスタル軍にあたるとすれば、私も――ヤンダル・ゾッグが介入してこぬかぎり、いまが最大の好機と考えてはおりますが、また、いろいろと……」

「いろいろ――って、何なの、ヴァレリウス？」

「はい……まあ、その……いろいろと……」

「云ってよ。どんなことでも驚いて叫んだり、子供じみたふるまいなどしないから。……私、おのれがなんてこれまで何も知らなかったのか、やっとわかったところなのよ。これから自分がどうしたらいいのかを知るためにも、本当にありのままにいろいろなものに出くわさなくてはどうにもならないと思うわ」

「では、そこまでおおせになるのでしたら申し上げさせていただきますが……」

ヴァレリウスは具合悪そうにいった。

「むろん私はグイン王を全面的にご信頼いたしておりますが……しかしですね。ケイロニア軍がレムス軍をうちまかし、クリスタルを奪還してくれたとしても……それはケイロニアの勝利であって、パロの――ましてやリンダさまのご勝利ではない、ということでございますね、まず第一の懸念は。……ずっとグイン王がうしろだてにいてくれるのならよろしゅうございますが、グイン王は役目がすめばケイロニアに帰還されます。そのあとは、我々が――と申しますか、リンダさまがパロをとりまとめ、二度とふたたびこのような脅威におびやかされることのないよう、まとめておいでにならねばならぬことになるわけで……クリスタル軍はキタイにかなり傀儡化されておりますから、実際には……どのていど、その呪いなり魔道なりをとけるものか、私にはいささか心もとないのですね。まさか、レムス王についた者を皆殺しにしなくては危険だとまでは思いませんが、とにかく相手はヤンダル・ゾッグです。――それに、レムス王をどのように処遇されるかという問題も出て参りましょうし……いやいや、これから先のことを考えますと……神聖パロを存続させるのは無理、と申しますかもう何の実体もございませんが、といって……グイン王の力をかりてパロを回復したところで、それを維持してゆくために、われわれに何が出来るかと申しますと……たいへんに、こころもとないものがあって……」

「それはもう、でも、いま考えていてもしょうがないじゃないの」

リンダは首を振った。

「それはもちろんそうでしょうけれど、でも、もう、ほかにどうすることができるわけでもないわ。……グインがパロを平定してくれれば、それはもう、そのあとは私たちが頑張ってやってゆくほかはないし、もしもそれで力足りなければもう、そのままパロがついえてゆくほかはないわ——三千年にわたって続いてきた伝統ある中原の国家を私の代で、私の力及ばずについえさせる、というようなことは決してしない、といいたいけれども、もしも本当に私にはどうしようもないことだったら……でも、パロ王家はもう、ほかにほとんど血筋をつぐ者は残っていないのよ。ユラニア大公家もたえてしまったし、モンゴール大公家も……中原の地図は大きく変わってゆきつつある時代を迎えている、とは思うけれど、でも——でも、それをいま考えていてもしかたないわ。やってみるほかはないわ」

「それはもちろん、そうなのでございますが……ナリスさまのご遺志のことを考えますと……」

ヴァレリウスは口ごもった。

「ナリスの遺志……って……」

「中原の平和を取り戻し……キタイの脅威から中原を守り――そして、パロをかつての栄光ある中原の指導的国家に建て直すこと、ということでございますね。……いまのわれわれ、と申しあげてはご無礼でございますから、わたくしの、と申しますが……これはもう、私の如き力のないものの手にはあまる仕事で……それに――それに私はナリスさまのお志に同感して、あえてこのような立場にたったと申しますよりは……ただひたすら……ナリスさまをお守りしたい、ナリスさまのお望みをかなえてさしあげたい、と……そう思うだけでこれまでなんとか頑張ってきたものでございますが、もとをただせばただの一介の魔道師にすぎませんし――中原の平和だの、パロの建て直しだのというようなおおごとは、このわたくしごときのやせ腕にはあまりにもあまる大事で……」

「……」

ちょっと意外の感にうたれてリンダはヴァレリウスを見ていたが、やがて、ちょっとためらいながら云った。

「それは……それは、ヴァレリウス……あなたが、私とともに、神聖パロを――というより、パロを守ってゆくのに、ナリスのときと同じように力を貸してくれるのは気が進まない、いやだ、ということ……？」

「そのようなことは、決して」

ヴァレリウスは慎重にいった。だが、そのことばのひびきのなかには、何かを明らかにリンダに感じさせるものがあった。

「わたくしといたしましてはむしろ……わたくしのような、ただのやせ魔道師ごときが、たまたま宰相などという名前を頂戴してしまったばかりに、国政などという似つかわしくもないものにたずさわり――おのれの能力があまりにもそれに向いてもおらず、足りないばかりに――こんにちのような結末を招くにいたったのではないかと――それがとても、心にかかってならないのでございます。――はっきり申し上げて、わたくしは武将でも貴族でもございません。政治家でもなければ外交官でもございません。片隅でひっそりと魔道をかじり、こつこつと世のうつりかわりとかかわりなくおのれの学問やわざをみがくのが好きでこの道に入った、ただのやせねずみでございます。――それが、ナリスさまの、強引なお取り立てにあいまして、宰相だの……伯爵だの、というようなお名前まで頂戴いたしましたが、これほどおのれに似つかわしくないものはない、とずっと思って参りました。……リンダ陛下にたいしては、心からなる忠誠を捧げておりますし、わたくしにとってはかけがえなきアル・ジェニウスの最愛の御伴侶として、このちもかげになりひなたになりお守り申し上げたいと存じております。しかし――もしも、神聖パロならばまだしも、伝統ある三千年のパロが回復されましたあかつきには……それを切り回したり、陛下の右腕となってゆくには、あまりにもわたくしは経験も、身分も、適性も不足いたしております。――このまま、そうして陛下のお供をしておりまして、何かかえってとりかえしのつかぬ事態を招くようなことがありましたら……私はそれこそ、ナリスさまにどのようにおわびしても申し訳の立たぬところでございます……そのようなことになる可能性は、わたくしのように無能でお役にたたぬものがおそばにあるほど、高くなるのではないかと危惧いたします。……リンダ陛下は、まことにご立派に身を処してゆこうとされておいでございます。それにひきかえ、わたくしのほうは……本当は、もう、ゆくさきのことなど、何も考えたくはない、このまま本当のことを申せば、ナリスさまのおやすみどころだけをちゃんと最後のご奉仕としてお作りできたら、もうそのあとは……一切の浮き世とも縁を切って、できることならなるべく早く、ナリスさまのおそばにあがりたいと……それだけを心のささえにしてゆくだろうと思いますので……」

「ヴァレリウス——」

リンダは思わず、どう答えてよいかわからず、相手をじっと見つめた。

それから、力なく吐息をもらして、立ち上がった。

「ちょっと、私も……よくわからなくなったわ。もう少し、考えてみるから……まだ時間はあるわね。それにこんなに重大なことですもの……」

「それはもちろん。それに、このようなことを申し上げたからといって、ただちにわたくしがすべてを放り出してどこかに隠遁してしまおう、などということはまったく考えておりませんので。――それではあまりに――ナリスさまの大切な御伴侶に対して申し訳のない無責任でございます。ただ……私は……」

ヴァレリウスは、ふいにたまりかねたように、しぼりだすような低い声で云った。

「私には……もう、本当は、神聖パロも……ましてレムス・パロもどうなろうとどうでもよろしいのです。――私にとってはすべてはもう終わってしまいました。……もうこのあとのことなど、まともに考えろとおおせになってもヴァレリウスには考えることが出来ません。……お許し下さい。私はもうたぶん……ナリスさまの……このようになられたのと同時に、私は――廃人になったのだとお考えいただければ、それが……いちばん……」

「ヴァレリウス……」

リンダはわななくようにつぶやいた。

「あなた――あなた、そんなに……そんなにも、あのひとのことを……」

「どうか――どうか、私がこれまでと同じ忠誠を……リンダさまにお捧げするのをいとうているとだけはお考えにならないで下さい。……私の忠誠は変わりません。パロに対しても――神聖パロへも、そしてリンダさまに対しても。――私はいつなりと、おのれの身を投げ出してリンダさまにお仕えさせていただきます。それが――それがおそらく、ナリスさまのお望みでもあろうかとも思っておりますし。……しかし、私は――おのれの心をいつわることだけは出来ません。……もう、私は――前と同じように……中原の平和のことなど、大切だと思うことは出来ませんでしょう。……どれほど、心弱い人間、駄目なやつ、おろかしい、おのれの感情にふりまわされて悠久の大義を見失った愚か者と罵っていただいてもよろしゅうございます。――私にとってはもう……私にとってはもう、この世など……滅びようと、滅びまいと……キタイがこの世を制圧しようと、しまいと……パロが回復されようと、されまいと、何もかも……どうでも……」

ヴァレリウスはおのれがこの上口を開いていると、何を口走ってしまうかを恐れたかのように、激しく口をつぐんだ。

そして、いきなりからだをもぎはなすようにして、丁寧に一礼した。

「失礼いたします。――ちょっと、気を静めて……またのちほど、ご相談に参りますので……しばらく、お許し下さい。しばらく……」

「あ――ああ、も、もちろん」

リンダはどう云っていいかわからぬままに、口ごもった。そのときにはだが、もうヴァレリウスは逃げるように室を出ていったあとだった。

なんとも、いいようのない悲哀と、そして悲痛とにとざされて、リンダは救いを求めるように、ひっそりと天蓋のかげに、レースと花とに包まれて眠っている夫のほうに目をやった。だが、むろん、そこはひそとも動く気配などあるはずもなく、ゆらゆらとうす紫色の没薬の煙がくゆってたちのぼっているばかりであった。

「なんだか……何もかもが……」

リンダはうめくようにつぶやいて、激しく手布をつかみしめ、両手でねじった。

「何もかもが……変わっていってしまう――みんなが……私からはなれていってしまう……何もかもが失われていってしまうみたい、まるで……この手のなかから砂がこぼれおちていってしまうみたいに……」

ふいに、リンダは、たまりかねたように、祭壇にむかって駆け寄ろうとした。が、なにものかにひきとめられたように、椅子にくずおれた。

「ひどいわ」

リンダの唇からかすかなうめきがもれた。

「ひどいわ。――いまはじめて……そう思うわ。こんなふうにして私をひとりに取り残していってしまうなんて。――ヴァレリウスの気持のほうがどれだけかよくわかるわ。……私だって――私だって、いっそあなたと一緒にいってしまいたいわ。どうして私、生きているの。どうして私……生きてゆかねばならないの。どうして私……私だけが、ここにいて、そうしてパロをどうするか、なんてことを……神聖パロをどうするか、あなたのお墓をどうするか、なんてことを考えていなくてはいけないの。そんなの、ひどいわ。ひどすぎる……どうして……私をおいていってしまったの。どうして……連れていってくれなかったの。どうして……」

リンダはこらえようとしたが、もう、こらえることができなかった。そのまま彼女は椅子のなかに泣き崩れた。

「姫さま」

スニがおろおろしながら駆け寄ってリンダにとりすがる。それにも、リンダは気づかなかった。大きな声を出すことこそせきとめられていたが、せきをきったような悲しみに襲われて、彼女は絶望的に嗚咽した。もうおしとどめることはできなかった。彼女は、声を殺してナリスを呼びながら、激しく泣き続けた。

2

「姫さま……」

スニは、すっかり動転しているようであった。

「姫さま。泣かないで。姫さま。そんなに泣かないで」

「いってしまった」

リンダは、スニの必死に呼びかける声さえ、聞こえもしなかった。

まったく一睡もできぬ夜をすごしたといっても、まだ、どこかで、おのれが夫のあまりに突然の死を受け入れることも、信じることもできずにいたのだ、ということをようやく、リンダは悟った。あれこれのとりざたが目のまえにやってきて、はじめて、もう彼女の愛する夫はこの世にはいないのだ、ということが——もう、二度と戻ってくることも、（リンダ）と優しく呼びかけてくれることもないのだ、ということも、胸をつきやぶるほどの悲しみとなって襲いかかってきたかのようであった。

（どうして……）

(どうしてなの。こんなに急に……どうして、私をおいて……どうして、私に……私にさいごのことばを残してくれることさえせずに……)

(あなたは、幸せだったのかもしれない。ヴァレリウスはそういった……グインに会って、あれほど会いたがっていたグインにさいごに会えて、そうして中原の後事を託して、ナリスさまはお幸せだったのです、と……そんなの、私は……私、どうでもいい。中原の後事も、あなたがどうでも……どれほど自分が身勝手なことをいっているひどい女だとあなたに嫌われてもいい、いってやるわ。そうよ、云ってやるわ……あなたがどれほど不幸せでも……からだがきかなくて苦しんでいても、絶望していてもいい……生きて、生きていてほしかった。私のそばにいて——そばにいなくてさえかまわない、この世に生きていてほしかった……そうよ、中原なんかどうだっていい……ああ、ヴァレリウスの気持が……一番よくわかるのはきっと本当は私なんだわ。そうよ、他の人なんかみんな、あまりにも……あまりにも遠くにいすぎて……ナリスの一番そばにいたのはやっぱり私とヴァレリウスと、それだけなんだから。……どうしてなの。どうして——こんなの、ひどすぎるわ……ずるすぎるわ。あんまりだわ……どうして……ナリス——ナリスにいさま……やっと、私が……クリスタルから脱出して……おそばに戻ってこられたというのに……まだ、ろくろくことばもかわしてなかったというのに——もう私たちはどん底の底の底のそのまた底まで追い込まれて、これからすべてが少しづつよくなるだろうという希望しかない、というときだったのに……これから、少しづつ、グインに助けられて……きっとなんとか状況がよくなってゆくと……あの悲惨なマルガの壊滅で、もうどうにもならぬところまで追いつめられて……それでも、あなたさえいれば——あなたさえ生きていれば、神聖パロも中原も……何もかもいつかはきっとうまくゆくんだと、私……それだけを信じて頑張っていたのに……どうして、こんな——どうしてこんなひどい……）

一晩、むしろせきとめられ、冷えてさえいた思いは、いま、はじめてはけ口を見出したかのように、とめどなくあふれてきた。

リンダはとうとう、声を放って泣き始めた。彼女の声がかすかに次の間まで聞こえたからだろう。侍女たちも、遠慮して、入ってきてなだめようともしなかった。侍女たちにも、どうしてよいかわからなかったのかもしれぬ。日頃、リンダはつつましやかにおのれの感情をおさえ、侍女たちにもおのれの気持をぶつけてあれこれ感情をたかぶらせることなどない、よい女主人であった。だが、最愛の夫を一夜にして失った、という悲しみのなかで、彼女を少しでもなぐさめ、このような状態の彼女のかたわらにあることが許されるだろうと思えるのは、ただ、セム族の少女ただひとりだけだったのである。

だが、そのスニにしても慰めようがなかった。スニは、一緒にリンダに取りすがってしゃくりあげていたが、リンダはスニの存在さえもまったく忘れていた。

（どうしてなの。——どうして、こんなに急に——こんなに早く——私をおいて逝ってしまったの。……まだ、私は……ちっともあなたと一緒にいなかったのに……まだ、結婚してからいくらもたってはいないのに。あんなにいろいろなことがあって、あんなにいろいろな悲しい思いをして、心配したり劇的な思いをしたりして、そうやってやっと結婚して気持が通じ合ったのに。……生きていてくれさえしたら……たとえ手足が全部なくなろうと……あのままの動けない状態がどれほどあなたにつらくむごいものであっても——そう望むのがどれほどあなたに対して残酷なことでも、どんなあなたでもいい……たとえ、意識さえ失われていてもかまわないから……とにかく、生きていてほしかった。この世界に、いてほしかった。せめて……いってしまうなら、私を……私を一緒に連れていってほしかったのに……）

「リンダ」

低い、だが底ごもってよくひびく声が、どこからか、彼女の悲嘆のなかにさしこんできた。

だが、最初は、彼女はそんなものには耳をかそうとさえしなかった。彼女はすっかり、おのれの悲嘆のなかにひたりこんでいた。

（どうして……）

「リンダ」

再び——

だが、こんどは強く、そしてはっきりとした声が彼女をようやく、うつつの岸に呼び戻した。

椅子にくずおれ、自分がどこにいるかさえ、何をしているのかさえも意識の底にもなくなっていたリンダは、びっくりして泣き腫れた目を開いた。それから、はっと身をかたくして、ふりかえった。

「グイン！」

「俺だ。……そろそろ、準備がととのいしだい出立しなくてはならぬので、いろいろと最後の相談と、そしてナリスどのの前でお前に話をしにきた。……少し、落ち着いたか？」

「グイン……」

リンダは、あわてて手布をヴェールの下にひきこんで、泣き濡れた顔をぬぐい、目をぬぐった。このときも、寡婦のヴェールがあることを彼女は深く感謝せずにはいられなかった。

「……もう……もういってしまうの？」

いたいたしい、幼い子供のような声で彼女はつぶやいた。そして、よく見えもせぬまま手さぐりで手をのばし、あわててスニがつかませてやった銀杯を見ようともしないでとりあげると、それをヴェールの下に持っていって一気に残りを飲んで気を落ち着けた。まだ、しゃくりあげる呼吸がとまってはいなかったが、だいぶ落ち着いてくると、深呼吸して、椅子にかけなおし、身繕いをするだけの気力がわいてくる。リンダは恥ずかしそうにもういっぺん、手布で顔をぬぐった。

「あなたもいってしまうのね。……みんないってしまうんだわ。……私ひとり残して。荒野になった世界にたったひとり、取り残されるような気がするわ」

「そんなことはない」

グインの声は優しかった。

「お前を残してなどゆかぬ。みんな、お前のために戦いにゆくのだ、リンダ。——お前がやすらかに暮らせるパロを取り戻してやるためにゆくのだぞ。俺も、イシュトヴァーンも」

「イシュトヴァーンなんて……」

瞬間的に、思わずかっとなってリンダは云ったが、またおのれの悲愁のなかに沈み込んでしまった。

「それは、本当にありがたいと思うわ。……グインが力を貸してくれることは。……だけど、私は……なんだか、本当にもう、気が弱ってしまったのかもしれないけれど……もう、なんだか、何もかも……どうでもいいような気さえするのよ。——さっき、ヴァ

レリウスもそういっていたわ。もう世界は終わってしまった。中原が滅びようと滅びまいと、自分にとってはもう世界は終わってしまった、何がどうでもかまわない——って。私も——そう思うわ。きっと私とヴァレリウスだけだわ。その気持を共有しているのは。あとは誰にもわからない。誰にも、あなたにだってわからないわ……私たちにとって、あのひとが、どんな存在であったのかは」

「俺は、充分に理解しているし、本当は俺が理解している、ということはお前たちにはわかっているのだ、ということもわかっているつもりだ」

グインは優しく云った。

「だがまた、お前たちがそのように感じるだろう、ということもわからないでもない。ナリスどのとは、ごく短いあいだ、さいごにお目にかかっただけだったが、俺の前でさいごの息を引き取られた、それは重大なえにしだった、これもまたヤーンのみしるしだったのだと俺は考えている。そして、さいごのその短い会見だけでも、ナリスどのがどのような人だったのか、周囲の人間にとって、ナリスどのがどのような意味をもつ存在だったかということは俺には充分わかった。……これまで、ヴァレリウスという男とはたびたび会いもしたし、いろいろと俺なりに考えてきて、不思議に思ったり、いぶかしんだり、疑問に感じたりしていたこともあったが、それも、すべて、ナリスどのと直接お目にかかることでわかったと思ってもいる。……お前たちがそのように感じるのは、無理からぬことだと思っている、俺は」

「あなたは……なんだって、あんまりよく、わかりすぎるんだわ……」

力つきたように、リンダは弱々しく口答えした。

「あなたにはわかりっこないわ。……ヴァレリウスの気持も、私の気持も。……だって、ナリスを知っていたといったって、あなたはあのひとを私たちのように愛していたわけじゃあないんですもの……」

「むろん。だが、俺にも愛する者はいるのだし、それを通じて、俺は、愛する者を――この上もなく愛している者を失うものの気持も、自分を愛していてくれる者や数々の気がかりを残したまま、世を去らなくてはならぬものの気持も理解はできると思うのだ」

「愛してくれるものや数々の気がかりを残したまま、世を去らなくてはならぬものの気持……」

はっとしたように、リンダはいった。そして、まだしゃくりあげるのがすっかりは止まっていなかったが、まるでそのグインのことばにおどろかされたように、しゃくりあげが止まってしまった。

「………そうね」

ややあって、リンダは力なくつぶやいた。

「そうよね。……ナリスこそ、もっとも心残りだったはずだわ。――どんなにか、無念で、もっと生きていたくて——やっとあれほど会いたがっていたあなたに会えて——ようやくパロの内乱にも勝利できるかもしれないという希望も生まれて……あれほど気に病んでいた中原の平和をも、守れるかもしれないという希望もできて——そこで、ああして……逝ってしまわなくてはならなかった。その無念は……私、よく……本当は一番よくわかっていたはずだったのだけれど——どうしても、人間なんて身勝手なものね。自分の悲しみ、自分の悲嘆のほうに心をとられてしまう。……まして、私はパロの青い血の王家の娘、誇り高いクリスタル大公、神聖パロ王国国王の王妃だというのに……」

「だが、お前はまだまだうら若い、かよわいむすめにすぎないのだからな」

慰めるようにグインはいい、そっとリンダの肩に手をかけた。リンダは、その大きな手にそっと手をかさねて、すがるようにグインを見上げた。

「私……おかしいわね。グインがいると……なんだか、いつでも、『これでもう大丈夫』という気がするのよ。——一番最初に、ルードの森で出会ったときからして、そうだったわ。……最初はとても恐ろしくて、びくびくおののいていたのに……グインを見ているうちに、なんだか何も怖くない、何も悪いことはおこらない、すべてはこれでいいのだ、という気持になっていたわ。——ふしぎね。そういうめぐりあわせってあるものだわ。あなたは私を楽にしてくれる。——だけど、同時に、あなたは、私を、甘やかして間違った考えや甘ったれた泣きごとのなかにはおいておかせない。私に、いつも、ちゃんとするように、しっかりと、おのれの目でみて考えて、足を地につけて考えるように、みちびいてくれるわ。——ふしぎね、あなたがいさえすれば、私は……とてもちゃんとした人になれるの。いつもはひょっとしたら、とてもだめな、とてもわがままで弱い、身勝手な人間かもしれないんだけど、あなたがそばにいてくれると、なんだか、あなたの目をとおして自分をみるせいか、ちょっとだけまともな私になれるの。——そうね。だからきっと、私……あなたが私のそばからいなくなってしまうのがいやなんだわ。なんだか、あなたがそばにいさえすれば、私はとても——とてもしゃんとしていられる、自分を信じて、自分はちゃんとこれでいいようにしている、と思っていられるから。……そうでなかったら、あなたが私をそっとたしなめて、本道に立ち返らせてくれるだろうし」

「以前にも、ノスフェラスでだったか、レントの海の上だったか、それともアルゴスの草原でだったか、俺は云ったことがある」

グインは静かにいった。

「お前は勇敢で、そして気高い魂をもった娘だ。——俺はそれほどヤーンの存在などをまるごと信じているほうでもないが、しかし神とか、摂理というもののことは深く信じている。案ずるな。お前は神聖なヤヌスの巫女、使い姫だ。必ず神々はお前にとって一番よいようにものごとをつむぎ、そしてお前は必ず、いつか魂の安息と平和と満足を見出すところに到達するだろう」

「おお」

短く、リンダはつぶやいた。

そして、しっかりとグインの手をにぎりしめた。

「おお」

彼女はもう一度いった。そして、手をはなし、また手布で目をぬぐい、そっと両手を組み合わせた。

「ナリスのことを考えると――可愛想で、可愛想で胸が詰まってしまう思いがするの」

そっと彼女はいった。

「私――あのひとがどれほど素晴らしく、なんでも出来る貴公子、宮廷一番の美貌の王子様とみなに憧れられて、聡明でキタラも歌もダンスもうまくて、美しくて――本当に美しくて、剣も強く、武道にも馬術にもなんにでもひいでていて、どれほどみなに憧れられ、崇拝され、まぶしくあおぎ見られていたか、一番よく知っていたのよ。……だから、あのひとが、とらえられ、拷問され、声も右足も健康も失い――それでも勇敢に、何ひとつひこうとはせずに、何ひとつ、受け太刀にはなろうとせずに、自分から人生をつかみとってゆこうとしていたかをずっとすぐそばで、文字どおり彼のベッドのかたわらに座って見続けていたわ。どれほど彼が苦しんだかも、どれほど勇敢でどれほどどくじけなかったかも——だからこそ、あまりに可愛想で……どうしていいかわからなくなるんだけれど、でも……そうね。ああ、そうね。いまこうして話していると思うわ。もしもあのひとがいま生きていて私たちのことばをきいていたら、一番、私に失望したのは、私があのひとを可愛想がったり、あわれんだりしたと知ったときだっただろうって。——あのひとは、勇敢に生きて、あのからだでも望むままに必死に生き抜いて、そうして力つきたのね。——それも、わかってはいるのよ。彼が勇者として死んだのだ、ということは、わかってはいるのよ。——だけど、私——だけど、私、あまりにも身勝手で、我侭で……弱いものだから、あのひとがもういない、ということに……みんないなくなってしまう、ということに耐えられないだけなの。みんな、私の……私の身勝手なの、それだけなんだわ」

「愛するものにそばにいてほしいと願うことを身勝手だとは俺は少しも思わん」

優しく、グインはいった。

「それはもっとも美しいひとの思いのひとつだと俺は思っている。そして、俺はそうしたもののためにこそ戦ってきたのだからな。中原の平和、などということばでいいあらわすからこそ、あまりにも遠くもあれば、そらぞらしくも、しらじらしくも響くだろう。俺にとってはそれは、もっとずっと具体的な——ひとりの兵士が、無事にその家族のもとに帰りついて、妻を抱きしめ、いとしい子どものからだをまたその腕に抱くことができるか——それとも、家に戻れないまま異郷の戦場にたおれてゆくか、という、そういうことでしかない。——すべての人間に平和で幸福でいてほしい、などと俺が口に出したとしても、おろかしい、思い上がった、神のつもりになったような台詞だと罵られてしまうかもしれぬ。だが、俺は本当に心からそう思う。すべての者が幸せで、やすらかで、満足していればよいのにと心から思う。だがまた、ひとの苦しみがその者の満足になったり、ひとが幸せでいることをおのれの不幸と、あるいはおのれの幸せのとり分を奪われたと感じたり、そういう黒い、正しくない、暗黒な部分を持っているのも人間のさがだ、ということも知っている。——それも含めて、俺は、ひとびとの思いというものがすべて、妙に身近に感じられてならぬのだよ。豹頭の俺が何も中原の平和になど責任を感じることはないではないかと思うものもいるかもしれぬが、俺は、なんとなく、きれいごとでも、理想主義でもなく、ひとりの人間が幸せになるかどうかは、とても大きな問題だと思うのだ。そこには、王族も、また貧しいものもなくな」

「あなたは、大きな人だわ、グイン」

リンダはようやくすっかり落ち着いてきた声でつぶやくようにいった。

「だから、いつもそうして、大きなところからみんなのことを考えていられるのだと思うわ。……だけど私は小さすぎて……いまは自分の悲しみしかもう考えることができないの。……どう思う、グイン、ずっとヴァレリウスとも相談していたし、サラミス公姉からも、サラミスに神聖パロの政府をうつして、そちらにナリスのお墓を作ってはどうかという申し出もいただいたのよ。だけど私、神聖パロはもうつぶす、もう戦争はたくさんだと答えてしまったの。——私、間違っていたと思う？　私、神聖パロの女王として、ナリスのあとをとって即位するつもりはない、といったのよ」

「お前が、そう思うのなら、それがもっとも正しいことだろう」

落ち着きはらった答えが即座にかえってきた。

「王位継承権者であろうと、女王であろうと、お前もまた、ひとりの人間として、幸せに——というのがいまは無理であっても、少なくともおのれの納得のゆくように、満足のゆくようにおのれの生を選び、決断する権利は持っているのだからな。誰も、誰かに中原の平和を守るために一生を投げ出したり、おのれのしたくないことをせよと強制する権利はない。そうされなくてはならないという義務もない。それに神聖パロ、というものに固執するよりは、かえってそれはとても聡明な選択だと俺は思う」

「本当？」

リンダはちょっと目を輝かせた。

「それは聡明な選択だと思ってくれるの？　ということは、あなたは、それに賛成なのね？　少なくとも反対ではないのね？」

「ああ」

グインははっきりといった。

「俺は前々から、この神聖パロというのは、あまりにも無理のありすぎる計画だとは思っていた。謀反はしかたがない。ナリスどのの立場としては、どうあってもそうせざるを得なかったものだからな。だが、本当はそのあとに、王位を主張して神聖パロをたてることなく、あくまでもレムス王がキタイにあやつられている、ということを強調して、パロそのものの王位の委譲を請求されるほうが得策であったはずだとな。まあ、これも結果論というもので、それこそ、ナリスどのがよいと思われるように選んでゆかれた結果の積み重ねなのだから、はたからどうこういうようなことではないが。――しかし、神聖パロというものを言挙げされたことで、逆にパロの国民のほうははっきりと二分されてしまわなければならなかった。もしもああされなければ、むしろ、レムス軍にやむなく所属している者であっても、謀反軍の側に寝返ることが正義だと考えるものはたくさん出ただろうと俺は思うのだが。だがこれとても、遠い他国にあって思ったことだから、まったく的はずれであるかもしれぬ。――だが、ともあれ、その重荷をお前がついで背負ってゆく必要はないし、それはやめたほうがよかろう。神聖パロ、というものは消滅させるほうが、このちの展開にはかえってためになると俺は思う」

「あなたがそういってくれるのだったら、きっとそれはまさしく一番正しいんだわ」

嬉しそうにリンダはいった。

「私心配していたのよ。自分が思わず、感情にかられてあらぬことを口走って、とりかえしのつかぬことをしてしまったのではないかって。──でも、もう、神聖パロの政府を構成しているのは、ヴァレリウスと……ヨナはあなたについて遠征にゆくし、そのあとも戻ってきてくれるかどうかわからないし──いろいろなおもだった人びとがみな戦死してしまって、私だけではとてもどうにもならないし、事実上、私にはどんなに小さくても国を運営してゆくなんて無理だと思うし」

「神聖パロ、というのは、まだ国家とはとうていいえぬ段階にあったからな」

グインはいった。

「こういうさいゆえ、あけすけにいうのを許してほしいが。国家でもなく、といって謀反した一勢力にもとどまっていなかった、国家としての体面やていさいだけはなんとかととのえようと焦った、というところが、なかなか、今日の窮地につながっていたのではないかと俺などは思っていたのだが。──国家というものはとりあえず、それが成立するだけの経済的、人的、ほかにももろもろの基盤があって発足するものでないとな。──その意味では、すでにあったユラニアのかたちをあるていど引き継げたということでゴーラはずいぶんと得をしたと思うが」

「でも、あなたがクリスタルを奪還してくれたところで、そのあとであなたが引き揚げていってしまうのだったら、キタイなり、レムス勢力の反攻なりがあったときに、私ではとても守りきれないだろうとヴァレリウスは思っているようなの」

リンダは悲しげにいった。

「私もそう思うわ。私には何の力もないんだ、ってことをきょうほど思ったことはないわ。……私はただの何も知らない女の子にしかすぎないわ。私――私、いったいどうすればいいのかしら。グイン。私はいったい、これからどうすればいいんだと思う」

3

「べつだん、俺がすべてを承知している、なんでもわきまえている、などと考えてもらっては困るが……」

グインは慎重に考えこみながら、ことばを選びながら云った。

「ケイロニアが介入しすぎれば、またふたたび中原の均衡が大きく崩れ、あらたな混乱のもとをうみだすことになる、というのは承知の上でいうのだが、それは承知しておいてくれ」

「ええ。もちろん」

「しかし、いま現在、ケイロニアが介入することでの中原の均衡が崩れる、という問題よりも、さらに、パロ、という中原にとってはいくひさしくかなめの国家であった大国が、国家として維持し得なくなる、という事実のほうが中原の平和と秩序のためには大きな問題だと俺はケイロニア王として思う。——それゆえにこそ、俺はあえてレムス王とたたかい、クリスタルを奪還しようということを決意したのだし、そのためにゴーラとでもあえて手を結ぶことを、神聖パロにも了承させたかったのだ。いまはとにかく、パロが国家としての秩序と力を取り戻してくれる、ということが、ケイロニアにとっても非常にありがたい。ケイロニアが幾久しくとってきた外国内政不干渉原則も、すぐ隣国である国家の内政があまりに大幅に乱れ、その乱れがケイロニア本国に大きくかかわってくるようなら、そのままにしておくわけには当然ゆかない。――そのような見地から俺はまもなくクリスタル攻略にたつし、いま、ケイロニア本国にもこのことの展開の報告と、ナリスどの死去の報告、そしてクリスタル攻略の許可を――まあ、事後承諾というかたちにはなるが、求めにやらせているところだ。当然、許可がおりればケイロニア本国からもいくばくの援軍が送られてくることにもなろうし、俺としては、ゴーラ軍とも共闘することでもあるので、ヤンダル・ゾッグが急遽戻ってきてキタイ軍を大量に中原に送り込んでくる、というような異常事態にいたらぬ限り、レムス軍そのものについては、それほど、壊滅させるに多くの日時を要するとは思わぬ」

「ま……」

思わず、リンダは息をのんで、そのグインのことばに身をこわばらせた。

「レムス軍を壊滅……そ、そうしたら、レムスは……」

「案ずるな。レムスの首をうつよう命じることは決してない。むしろ俺は、レムスがヤンダル・ゾッグの呪縛から自由になりさえすれば、なんとか――いろいろといきさつもあれば、またじっさいにはレムスとナリスどのだけではなくその両方の父君にかかわる長い深い怨念の歴史がからんでいることであるから、パロにとってはきわめて難しいことかもしれぬが、俺は、本当は、レムスが、王として、というのは無理ならば大公にさがってお前が女王になるなり、あるいは二人で共同統治なり、あくまでもレムスをも重んじてやるかたちで、正しいパロの聖王家のありかたが回復できれば、とそれをとても考えている。それゆえ、レムス軍を壊滅させ、クリスタル・パレスとクリスタル市をキタイの呪縛と看視下から解放してやるのは、むしろ、レムスを救出してやるため、というようにも考えているのだ。リンダ」

「まあ……」

「いまのお前にとっては夫の仇であるかもしれないが、あくまでもお前にはただひとりの弟でもあることだ。こののち、レムスとパロ国民、そしてクリスタルと神聖パロについた諸勢力をとりまとめ、あいだにたってゆけるのはお前ひとりしかいない。それはひどく困難な仕事だろうし、つらいことでもあるだろうが、パロが平和を取り戻すためにはどうしてもお前の力が必要だ。そしてまた、パロが平和と秩序を取り戻すことなしには、中原の平和は回復されないのだ。わかるか」

「まあ……」

また、リンダはいった。そして、いくぶん、ヴェールの下で身をのりだした。

「そうね……そうなのね。私……レムス軍とたたかう、というのは……レムスを敵としてうちまかすこととしか思っていなかったわ。……レムスを救出してやる、なんて……ああ、ちょっとびっくりしてしまったわ、グイン。そうなのね。そうなんだわ……レムスだって犠牲者なんだわ」

「むしろレムスが最大の犠牲者だ、ということは考えてやらねばならんだろう。だが、問題はレムスがいま、どこまであちらに——というのはキタイのことだが、取り込まれきっているか、そこからなんとかおのれの力で抜け出せるかどうか、ということだ。もしそれがもう駄目で、当人の精神のなかにしっかりとすべて呪縛が食い込んでしまっており、レムス自体がすでにあるていど取り込まれて変容してしまっていて、それをもとに戻そうとするとレムス当人を殺してしまうことになる、というところまでいっているならば——その可能性も俺は考えているが、これはもう、やむを得ぬ。……あとはお前の宰領ひとつということになる。だがいずれにせよ、パロを守ってゆくのはお前ひとりだし、いまとなってはお前だけがただひとりの王位継承権者なのだ。それは神聖パロのではなく、聖王国パロのだ。——神聖パロの女王を名乗らぬほうがいい、といったのは、お前はいずれにせよ聖王国パロの女王として即位せねばならぬ身の上だからだ。……そして、ケイロニアは、リンダ女王が支配するパロ聖王国と恒久的な和平通商友好条約を結び、パロのうしろだてとして盟邦となることに何の異存もない。これは、これまでも多くの移民がパロからやってきているケイロニアにとっては、パロとの関係はたいへんうまくいっており、長年にわたって何の問題もなかった、という事実からも、保証されていることだ。俺がケイロニア本国に帰国したところで、パロが秩序と平和を取り戻すまでは、ケイロニア軍を派遣してそれによってパロを守り、うちつづいた内戦で疲弊しているパロが一刻も早く平和と繁栄を取り戻せるよう尽力するのも、盟邦の役目のひとつと俺は思う。むろん、内政不干渉原則は生きているし、当然、ケイロニアは他国に侵略したり、征服したりという野望はいっさい持っておらぬ、そのようなものを必要とするほど、ケイロニアは貧しくもないし、不自由してもおらぬからな。――それゆえ、お前がパロ聖王国の女王として即位するにあたっては、まったく、ケイロニアのうしろだてをあてにしてくれてかまわぬ、ということだ」

「まあ……」

リンダはまたいった。ほかのことばが言えなくなってしまったかのようだった。それから、ようやく気をとりなおした。

「そこまで……そこまで云ってくださるのね。……私、なんていったらいいのか、グイン……」

「前にも云った。――俺はかつてお前に雇われて剣を捧げたお前の騎士で、その剣はまだお前から返されているわけではない。そうである以上、お前がパロの女王となるのならば、その国を、おのれの国に準ずるものとして守ってやろうと働くことも、騎士の役目というものだろう」

「有難う。グイン……私——私……」

「だが、サラミス公家は大事にしたほうがいい。それは、お前にとっては——カレニア伯もたしか戦死されたのだったな。こののちは、サラミス公、カラヴィア公、マール公、といった人たちがリンダ女王のパロの中核をなす重臣となってゆくはずだ。お前の思いは思いとして、いったん、神聖パロの政府をうつす、ということではなく、サラミスに身をよせて、かれらの顔をたててやれ。——不本意であろうと、仮埋葬の墓はサラミス公家の意向どおり、サラミスを選んでやったらどうだ？　そして、あらためて、パロ国内が落ち着いてから、マルガなりジェニュアなりにナリスどのの最終的な廟と墓所を作り直し、サラミスには慰霊塔なり、記念廟なりを——遺髪の一端なりと残してやって、作らせてやれば——サラミス公家は終生リンダ女王のもっとも忠誠な腹心となるぞ。サラミスはゆたかで、サラミス公騎士団もなかなか力がある。そうやって、帝王というものは、おのれのささいな恩讐はこえてひとを掌握してゆくものだぞ、リンダ」

「まあ……」

またしてもリンダは叫ばざるを得なかった。こんどはリンダはヴェールの下でうっすらと赤面した。

「あなた……知っていたのね。フェリシア夫人のこと……私が、あのひとに、やきもちをやいて……ナリスをとられるような気持がしていたことを……」

「そんなことは俺は知らんが、お前は何をどうつくろっても、ナリスどのの正妻で、愛妻で、正式の婚姻で結ばれた唯一の妻なのだぞ、リンダ。――たとえかつての愛人であった女性がどうあがいたところで、彼女は悲しみをおおやけに表明することさえ、あくまでもただの臣下としての分をこえない範囲でしか許されておらぬのだ。――もっと、大きくなれ、リンダ。かよわいうら若い娘であるお前に、そのようなことをいうのは酷かもしれんが、俺は、お前なら出来ると思うからいうのだ。――もっと、大所高所からものを見る習慣をつけなくてはいかん。一国の女王となるというのは、そういうことだ。それは、ある意味では、個人ではなくなってしまう、ということだぞ。……これまで、お前は、クリスタル大公妃としてであれ、神聖パロの王妃としてであれ、高い位にいる――パロでもっとも位の高い貴婦人でこそあれ、それでもまだ、要するにナリスどのの妻だった。ナリスどのが決定し、お前はそれに従い、ともにたたかう立場だった。だが、これからは、お前自身がパロの女王として、パロという一国を引き受けてゆくのだ――いうなれば、俺とも、イシュトヴァーンとも、対等の立場の、文字通り一国一城のあるじとしてな。それに対しては俺は心から敬意をはらい、俺にできるかぎりの協力、尽力はしてやりたいと思う。俺はつねに、おのれの正当な権利をもち、それを守り、義務をわきまえ、それをおこなっているものにたいしては心からの同情と共感を惜しまないできた。――お前なら、出来るさ、リンダ。そして、お前以外のものには出来ないのだ。誰も、いまや、お前以外に、正当なパロ聖王家の王位継承権を持っているものはいないのだ。確かそのあとはずっと遠くなるのだったな。……レムスの《王太子》と称するアモン、あれこそまさに論外といわねばならぬ。お前は、まだアモンとは直接会ったことがないのだったな。アルミナ王妃がたぶんヤンダルの魔道によって産み落とさせられた、キタイの悪魔の申し子だ」

「見たわ」

ぶるっと激しく身をふるわせて、リンダは云った。

「見た……としかいえないけれど。私が見たのは……産褥で気味悪いほど痩せてしまって、すでにきっと気が狂ってしまっているようすだったアルミナと、そのわきのゆりかごに……おお」

リンダはぞっと両手でからだをかきいだいた。

「そうよ。私見たわ……あれは、あれは一体何だったんだろう。何もなかった、の。ゆりかごのなかには、何もいなかったの。だのに、そのなかにはおそろしいほどの悪意がうずまいていて、はっきりと……目にみえない何かがそこにいたの。あんなに恐しいと思ったことははじめてだった。……あれを見たとたんに私は気を失って倒れ……そうして、確か、気が付いたらあなたに呼び覚まされる夢をみていたのだわ」

「お前が見たのは、誕生直後のアモン王子——と呼んでいいものかどうかわからぬがな——だったようだな」

グインはいくぶん獰猛に鼻づらに皺をよせて云った。

「俺が見せられたのは、そのあと……わずか生後何ヶ月かのあいだに、すでにどこからみても十歳近いようにしか見えぬくらい成長している、そしてその目のなかには底知れぬ悪意と、大宇宙のような深淵、そしてまだ生まれてふた月もたたぬというのにすでに一億年も生きて来た老悪魔のようなぞっとするほどの毒々しさをしたたらせた、かつて見たこともないほどぶきみな子どもだった。いや、子供のすがたをした悪魔だった、といったほうがいいだろう。——俺は本来悪人などというものをそのままことばどおり信じることはめったにないのだが、あのときだけは世にもたぐいまれな《純粋な悪》の存在、といったものを信じた。……というより、信じるも信じないもない、見せられたのだ。俺は、生まれてはじめて《純粋な悪》というものの存在を見て知ったのだ。……レムスを救い出さなくてはならぬのは、ヤンダルの罠からばかりではない。もっとも本当はいま、クリスタル・パレスでおそるべきなのはあのアモン、王太子と名乗っているアモンであるはずだ。あれがどのようなことになるのかは俺にはまったくわからぬ。レムスを追いつめたとき、アモンがどのような出かたをするのかもわからぬ——ただひとつ、非常にはっきりとしていることは、アモンが完全に成長してしまうと、それは中原にとっては大変な脅威になる、ということだ。……それはヤンダル自身がイシュトヴァーンにそう云ったらしい。ヤンダルがイシュトヴァーンを抱き込もうとしたのも、アモンが成長して、《使い物になる》までに、いくらなんでも数年の猶予期間が必要で、その時間かせぎをしたかったから、ということのようだ。……ということはだが、猶予期間は『数年しかない』ということでもある。……いまはたぶんまだ、ヤンダルがキタイ内乱のためにキタイに戻り、アモンはまだ成長しきっておらず、アモンはまだヤンダルのかわりをつとめるだけの力は持っていないのだ。だが、数年後には……ヤンダルがいなくてもアモンがヤンダルの代理をつとめることができるようになり、そしてヤンダルがキタイ内乱を片付けてこちらに再び侵略の目をむけるのがいつごろになるかわからぬが……いずれにしても機会はいましかないのだ。なんとかいまのうちに、アモンを殺し、ヤンダルが再び中原に戻ってこられぬ体制をしっかりと作ってしまわねばならぬ。――でないと、アモンとヤンダルとどちらもが強力に揃った場合、いったい何がおこるのか、どうなってしまうのか、俺はそれがひたすら恐しくてならぬのだ」

「まあ……」

リンダはつぶやいた。

「あなたが、そんなに何かを怖がるなんてこと、はじめて見たわ。グイン……」

「俺もたぶんはじめてのことだ。――だが、あのアモンという子供、いや子供のすがたをした妖怪は……あれは、俺になんともいいようのない嫌悪と反発と、生理的な恐怖と反感を起こさせた。――あんなとてつもない生物を生み出してしまうのがヤンダルの魔道だとするのなら、なんとしても、あれがまだ一人しかいないうちに阻止せねばならぬ。――俺が、あのとき、クリスタル・パレスを脱出しようとしていたとき、あの木の箱の柩をすべて、血も涙もなく焼き払ったのを覚えているだろう」

「え……ええ。忘れられるものですか。あんな恐ろしかったことはないわ」

「あれがもし、すべての《アモンの卵》が孵っていたとしたら、もう、それだけで中原は絶望だったのかもしれんのだ」

グインは恐ろしそうにちょっとたくましいからだをふるわせた。

「それを思うと、お前を助けて、ケイロニアがパロのうしろだてになる、というのは、なにも、お前のためだけではない。中原のためでさえない。これはまったく、ケイロニアそのものの平和と幸福のためのたたかいでもあるのだ。だから、お前がそれに重荷やひけめを感じることはいっさいないし、それに、俺は、お前には出来る、必ずパロのよき女王になることができると信じている。そうでなくば、俺はこのようなことは無責任にすすめたりはせん。――それは、お前にとっては辛くもあれば、難儀でもあろう道だが、お前よりほかにパロを守り通せるものはおらぬと思うし、そのためなら、俺は惜しみなくお前を助けたいと思っている。それはまた、ナリスどのの本当の意味での遺志をお前がつぎ、俺が守ってやることにもつながるだろう。ナリスどのの願っておられたのは、ただ単純にレムス・パロを打ち砕くことではなく、クリスタル・パレスを奪還して神聖パロをパロ支配の中核にすえることでもなく、ひたすら、本来のあるべき聖王国パロのすがたを回復し、パロの権威と伝統と平和と繁栄とを取り戻す、ということであったろうからな」

「そう……そうね。そうなのね……」

リンダは、グインの長広舌をききながら、何回も大きくうなづいていた。いつしか、彼女の涙はすっかり晴れていた。彼女は恥ずかしそうにヴェールの下からグインにむかってほほえみかけた。

「そうね。……私は――私は、こんなふうにしてあまりに自分ひとりの悲しみに沈んだり、惑乱したりしているようなことは許されない立場だったのね。――もちろん、私個人としての悲しみはいやされることもなければ、このちも、ずっと時間がたっても、かわってゆくものなのかどうかもわからないけれど、でも――私は、パロの聖王家の王位継承権者、パロの王女だったのね。そうね……ナリスはきっと、こんな私をみて呆れていたにちがいない、ナリスはちっとも、私がどれほどあの人の死を悲しんでいたんでも喜びはしなかったでしょう。それどころかあの人はいったに違いないわ……それは、リンダ、あなたは悲しむことを楽しんでいるだけで、本当に私のことを思っているわけではないんだよ、って――あのひとは、ときたまとても辛辣なことをいう、そういうひとだったもの……自分自身のあの不自由さをさえ、いつも笑いのめしたり、笑いとばしたり、辛辣に自分自身に皮肉をいったりしていたわ。……いつも、本当の苦しみも絶望も焦りも、みんなその辛辣さのかげに隠してしまっていた。……もっとあんなに隠さなければずっと楽でしょうにと、いつも思っていたものよ。でも、国王というのは……最高施政者というのは、そういうふうにしなくてはいけないものなのかもしれないわね。……そうね。私には、やることが、やらなくてはいけないことがたくさんあったんだわ。これからどうしたらいいなんて、迷ったりためらったりしているひまはなかったんだ。私はもう――私はもう、ナリスの妻リンダでいればいいだけではないのね。ナリスがいないからには、私が――私がナリスのかわりをつとめなくてはいけないのね、中原のために――パロのために」

「そうだ」

グインは力強くいった。

「それでこそ。……お前はパロの娘だ。リンダ――お前は、聖なるパロの娘、この古い歴史ある国の守り姫なのだぞ」

「守り姫……ええ。そうね……」

悲しそうにリンダはつぶやいた。

「ヴァレリウスは……きっと、そのうちにもう、私から去ってゆくと思うわ。なんだか、とてもこうしていることさえ辛そうで——あの人もナリスと同じね。本当につらいことは決してひとにはうちあけても、頼ってもくれないのね。男というのは、みんなそういうものなのかしら」

「そうでない男も、またそうである女もむろんたくさんいるが」

グインはかすかに笑った。

「まあ、そういう男もまたちゃんといることは確かだ。——そうだな。ヴァレリウスは……彼もじかし無責任なところはまったくない男だ。お前がちゃんとパロ回復の道にのりだすならば、必ず、おのれのナリスどのへの責任をまっとうした、とおのれで感じるまではお前に惜しみなく力を貸してくれるだろう。——だが、あまりに多くは強制せず、期待しないでやれ。ヴァレリウスとナリスどのとのあいだにあったきずなは、また、お前とのあいだのものとさえ違う独特な断ち切りがたいものに俺の目にさえ見える。ヴァレリウスほどの男が、どうしてナリスどののこととなったときだけああも理性を失うのだろうと、俺はずっと不思議に思っていたものだ。その疑問も、生きておられるナリスどのに、さいごにお目にかかったことでとけたが。……ヴァレリウスのような男にとっては、ああして雄々しく逆境と闘いながら、しかもあれほどに不自由なからだで、苦しみつつおのれの意地を貫いている人をみて、しかもその苦しみがもとをただせばおのれのせいかもしれぬ、とずっと自責にかられていたとしたら、それはどのような呪いよりも強烈な呪縛であったかもしれん。——だが、それもよかろう。ナリスどのほどのおかただ。その一生に殉ずるものが何人かあったとしても、少しもおかしくはないさ」

「そう……ね。私も……そうは思うけれど……」

リンダは考えこみながらいった。

「でも、いまヴァレリウスがいなくなったら私はどうしていいか、本当にわからなくなってしまう。……本当に、いまもう神聖パロはひとがほとんどいない状態になってしまったんですもの。武将も、重臣も、みんな。……もしクリスタルを回復できても、パロの政府がちゃんと稼働するように発足できるかどうか、あやしいところだわ」

「それがちゃんと動き出すまでは、俺も面倒をみるつもりだ。当面は、サラミスで、傷をいやし、疲れをやすめ、そのあとにはじまる激務にそなえていろいろと学んでおくがいい。……その他にも、お前のしなくてはならぬことは、あとからあとから出てくるだろうしな。——ヴァレリウスは、そこにはちゃんとついていてくれるさ」

「私、正直いって、ナリスとヴァレリウスの仲の良さに嫉妬していたこともあったわ」

リンダはつぶやくように云い、そっとレースと花におおわれたベッドのほうを見やった。

「仲の良さ――というようなていどのものではなく、誰もほかの人は、私でさえまったく入り込めない二人だけのきずなのようなものを感じてなんだかとても息が詰まる思いがしたわ。――フェリシア夫人なんかよりも、本当はヴァレリウスと二人でいるところにだけは絶対に近づけない、うっかり入っていったら世にも冷たい目で見られそうな、そんな気さえして。……私には誰もそこまで近しい人もいないし、それほど強烈なきずなもないし――ナリスだけをのぞいてね、でもそのナリスはヴァレリウスがいれば私など必要ないようだったし、レムスは――双子で、すべてをわかちあってきたと信じていたレムスはあんなにも――敵にまでなってしまった。私、ずっと、とてもとても寂しかったのだと思うわ。何を信じていいかも、何をあてにして生きてゆけばいいのかもわからず。――なんだか、いつも心のどこかが悲鳴をあげているようだったわ。……なんだか、こうなって、悲しいのに、世界のすべてが壊れてしまったようなのに、少しだけ、ほっとしているの。――それがまた、悲しくて……」

「お前は心気高く、素直で勇敢な、素晴らしい娘だ。リンダ」

グインは優しく云った。

「案ずるな。お前はまだ若いのだ。いまはそのようなことを考えるのもおぞましいだろうが、必ず、またお前は誰かを愛し、その愛によって本当のきずなを得ることになろうさ」

「そうね。……そう信じていることにするわ」

あまり、信じてもいなさそうにリンダはいった。それから、ちょっと苦笑した。

「一度だけ、きいてみたかったわ。そんな話のあとにして、変な意味じゃあないのよ。――あなたは、幸せなの、グイン？……奥さんとは、とても愛し合って、うまくいっているの？ あなたはいつもひとのことばかり案じてくれて、自分のことは少しもいわないから、私、心配で。それできくのだけれど」

「俺はシルヴィアを愛している」

グインは短く答えた。

「幸せになってほしいと心から願っている。たとえほかのことがどうあれ、それだけは、間違いないようだ」

「……」

リンダは、ちょっと微妙な表情で、グインのそのあいまいな答えの真意をはかるようにグインを見つめた。だが、グインのトパーズ色の目は、まったくの無表情のままで、まことの思いを読みとることはできそうもなかった。

4

リンダにとって、だが、グインとの短い会見が、驚くほど、彼女を落ち着かせ、安定させる効果をもたらした、ということは確かであった。

グインがやがてクリスタルさして出発してゆくしばしの別れをつげ、ナリスの霊前にさいごのろうそくをたむけて、そこを引き取っていったあと、リンダはかなり落ち着いた気分になって控え室に戻り、飲み物と軽い食事を運ばせさえした。このさき、長い一日になりそうだったし、それにかなり辛抱と忍耐の必要な日になりそうだ、という気がしたので、体力をつけてそなえておかなくては、と考えたのだ。スニは、リンダがようやく少しだけ元気づいたようすをみて、嬉しそうにちょこちょこと野菜のスープと軽焼きパンや甘いふわふわした菓子などを運んで来、リンダが少しではあったがなんとかそれを口に運ぶのを嬉しそうに見守っていた。

短い休息が終わると、リンダは、ヴァレリウスを呼ぶように侍女に命じた。ヴァレリウスはすぐにやってきた。

「決断を下したのでお呼びしたわ。ヴァレリウス宰相」

リンダは前おきもなくただちに用件に入った。

「私、とりあえず、サラミス公姉弟のご厚意に甘えて、ナリスの遺骸ともども、サラミスにうつることにしました。……グインは、サラミスに仮のお墓を作ることにも妥協してやれというのですけれど、私、そこまでは決心がついていません。グインが正しいということはわかりますけれどね。グインは、サラミス公家がいまの私たちにとっては最大の味方であり、うしろだてであるのだから、グインがクリスタルを取り返してくれるまで、もっともいま安全でゆたかなサラミスに身をおいて、吉報を待っているように、というのよ。……それで、私、とりあえずそうすることに決めました」

「かしこまりました」

何事もかわったことはおこっておらぬかのように、丁重にヴァレリウスは答えた。驚いたようすひとつ、何か意想外のことをいわれたというような顔も見せなかった。

「ただちにそのように取りはからうよう、動き出します。……また、アル・ジェニウスの仮のお柩もようやくあと半ザンほどで運ばれて参りますので、そういうことでしたらあすじゅうにはこの地をたち、サラミスに向かうことが可能かと存じます。……もっとも、サラミス公のほうでの、お受け入れのご用意がその短時間で可能かどうか、それについてはのちほどわたくしがご相談せねばなりませんが。――が、この地ではご葬儀というかたちではせず、まっすぐサラミスに移動して、サラミスで仮のご葬儀をいとなむのが一番よろしかろうかと存じます。いかがでしょうか」

「それでいいわ」

疲れたようにぐったりとリンダはいった。

「お墓についてはまた、ちょっと待ってほしいということを私のほうからフェリシア夫人に伝えるわ。……とにかくジェニュアが回復しないことには、私たちは、あのひとにふさわしい祭司長の仕切のもとに葬儀を出すこともできないんですものね。ましてやお墓については……当面、仮ということで、サラミスに小さな安置所を作っていただいて、私はそれを守っている、ということにさせていただくつもりよ」

「かしこまりました」

「そして、神聖パロの王位はやはり、私は継ぎません。神聖パロは、今日をもって解散……なんといったらいいのかしら、壊滅？　消滅？——とにかく、神聖パロはなくなり、その意味では、もう、この内乱は終わったということを、残っている私の兵士たちにも、疲れ、痛めつけられたマルガにも伝えたいわ。本当は一回、サラミスにたつまえに時間があれば、私、マルガに顔を出して、マルガの人たちを力づけ、いつか戻ってくるということと、最終的にはナリスはマルガに眠ることにさせたいのだということを伝えたいの。……でないと、マルガのひとたちも報われないわ」

「それは、たいへん……お心やさしく、またご聡明なお考えと存じます」

しずかにヴァレリウスは云った。

「それでは、こういたしましょう。――サラミス公のご許可とお助けを得て、一回、マルガまわりでサラミスに向かうことにいたしましょう。それほどの遠回りではございませんし、そうしてもしもナリスさまのお柩にお別れを申し上げることができれば、あれほどナリスさまのおためにつくして壊滅したマルガの人びとも、どれほどか心が報われましょう。――もっとも、私がひとつだけ恐れておりますのは、いまのマルガは非常に弱り果て、悲しみにとざされておりますので……そこにナリスさまの悲しい御帰還があれば、それはどれほどのあらたな悲しみをもたらし――私が心配しているのは、あらたな殉死者が相当数出てしまうのではないか、ということなのですが。けさほども、小姓組のセランほか三人のものが、小姓頭のカイのあとを追うようにして、ナリスさまのあとを慕って自害をとげております。ルナン侯も、そのおそれありということで、リギア姫がずっとついておられますし――いまのマルガには、ナリスさまに永遠のお別れを言わねばならぬというのは、あまりに刺激が強すぎるかもしれませんが――しかしまた、どれほど悲しくとも、刺激が強すぎようとも、やはりそれはいまのマルガにはしてやったほうがよろしゅうございましょう」

「そうね。そうできれば、私も嬉しいわ」

リンダはひっそりと涙をこらえた。

「それに、いずれ時がたって、すべてがひととおりおさまったら、どうか末永くナリスの墓を守るさいごのお役目をはたしていただきたい、とお願いしたいの。マルガの人たちに。——マルガはいつも私にとっては最高の思い出の土地だったわ。もうきっと、私ひとりでは、ナリスの墓参のほかには、マルガに戻ってくることもないと思うけれども……」

「それでは、そのように早速、マルガへも知らせを出して、お迎えのご用意をさせておきましょう。同時に、サラミス公にこれまたお願いを申し上げて、マルガへ多少の救援物資を送り込ませていただきたいと思っております。医薬品も食料品も、何もかもないままに、多くの負傷者、病人をかかえ、次々と死者が出ている、という状況のままのようでございますから」

「出来る限りのことをしてあげて。でもそれでサラミスにまたあまりに負担をかけることになってはいけないけれども」

「マール公にもお願いをして、マール地方とサラミスとで、マルガとカレニアとを支援していただけるよう、お頼みしてみようと考えておりました」

ヴァレリウスは云った。

「マール公領こそ、このたびのいくさでは何のいたでも受けておりませんし、もともときわめて富裕な地方でもあります。そのくらいのご援助は――などという言い方はまさかいたしませんが、むしろマール公こそこうなった上はもっともリンダさまに近い御血縁ゆえ、それはまあ、問題なく受けていただけるでしょう。――マリアにおいでのマール公にも、ことのしだいをお知らせする早馬を出しましたから、おっつけサラミスへむかってたたれると思いますし」

「なんだか……何もかもが夢のようだわ、ヴァレリウス……」

ほっと息をついてリンダはつぶやいた。

「心は落ち着いたけれど、なんだかまだ、すべてがとても……明日目がさめたら何もかも変わってもとどおりになっているのではないか、と思う気持ちがまだ抜けない。なんだか、本当に私、ナリスがこの世からいなくなる――なんて、想像したことさえなかったんだわ……」

「グイン陛下にはヨナが同行しますので、ヨナが万事はからってくれると存じますし」

そのリンダの述懐を聞き流すようにして、ヴァレリウスはいった。

「今夜にはならぬうちに、ともかくも出立されるおつもりのようですし――ただ、私はグイン軍がクリスタルのレムス軍におくれをとる、などということはただのひとかけらだに心配しておりませんが、しかしひとつだけ気になるのは、窮鼠かえってのたとえどおり、追いつめられたレムス軍が、グイン軍から逃れて、サラミスに活路を求めた場合のことです。むろん、グイン陛下のことですから、その点も万全にお考え下さっているとは存じますが、私としてはいまもう、もっとも気になるのは、レムス軍がリンダさまや——ナリスさまのご遺骸や、そちらのほうにキバをむくかもしれないというおそれで、その場合、マール公騎士団にもサラミス騎士団にも、あくまでも断固お守りして戦うだけの態勢はとっておいてほしいのですが。しかし、あまりこれも陛下のお耳にいれたくはないお話でございましたが、サラミス騎士団はまったく別といたしまして、クリスタル義勇軍の生き残りや、また、聖騎士団の内部の兵などで、ナリスさまのご薨去をきいて、おそらく神聖パロが壊滅するものと見透かしてでしょうが、早くも戦線を離脱し、脱走を開始したものが少なくございません。早いうちになんとかこちらも態勢をたてなおし、こののちのことについて発表し、しめつけ直さないと、いざサラミスへたとうとしても、お供回りの人数が、あるものは殉死、あるものは戦死、そしてまたあるものは脱走、というようなことで、まともに揃わない可能性さえございますので」

「まあ……」

リンダはちょっと言葉もなく黙っていた。

「そうなの……脱走……」

「といってレムス軍に投降したとか、そういうことではございませんで。ただ、もともとがクリスタル義勇軍は、主としてアムブラ周辺の町人や学生のよせあつめでございました。かれらとしてみれば当然、おのれの家族や家がどうなっているかも気になりましょうし、ましてグイン軍がクリスタル攻略をする、ということになりますと、ますます、おのれの家族をなんとか守りたい、いくさのまきぞえを避けたい、クリスタルを脱出させる方策をたてたい、というようなことも、それはございましょうから……逆にかれらはレムス軍のこともたいへんおそれておりますが、しかしクリスタルにいわば家族や友人、大切な人たちがみな人質にとられているようなものでございますからね……」

「それは……本当にそうね……でも、いまクリスタルに戻るのはとても危険でしょうに……」

「私が案じておりますのはそれもありまして。当人はまったくそういうつもりがなく、ただひたすら、もう神聖パロは終わったとみて、クリスタルに帰って家族を守ろうと考えただけでも、戻ってみたところが、レムス軍に取り込まれてゆく、というような可能性もないとは申せませんし。——が、まあ、ともかくもう、われわれとしては、グイン陛下におまかせしているしかございませんが。——午後になりましたら、いま作っております、いまのところのリンダ陛下の手勢の名簿が出来上がりますので——マルガからこっち、ろくろく点呼もとっておりませんから、いったいどのていど生き残っていて、どのていどがまだこのさきサラミスまでもついてきてくれるものなのか、ちょっと確認したいと思っておりまして。いまもう、近習たちにやらせておりますが」

「もう、でも、サラミスに身柄をあずけるのは私ひとりでもいいくらいだわ。スニはもちろんだけれど……これでまた、大勢の兵を連れていって、サラミスをも食いつぶしてしまうようなことになると、それこそ、ナリスの夢みた神聖パロが実は、とんだ厄病神、ゆくさきざきに災厄をまき散らすだけの存在になってしまいますものね」

リンダはほっと吐息をもらした。

「ともかく、では、私はサラミス公ご姉弟にその話をしましょう。ヴァレリウスにも異存はなかった、といっておくわ」

「それでよろしゅうございます」

「あなたも——もちろん、サラミスにきてくれるわね……ナリスの仮葬儀だってあるのだから……」

「それはもうもちろん」

ヴァレリウスはひっそりと云った。

「しかし、もしもルナンどのに万一のことがありましたら……リギア姫はおいとまを頂戴したいご意向のようでしたが、それは、私としては、お許しいただけたらリギアさまも楽におなりだと思います。もともとが、この前の例の侍死事件のときに、たいへんつらい思いをなさっておいででしたし……あのときにすでにひとたび神聖パロを離脱されたのが、こうして戻ってきてくださっただけでも、天晴れな忠誠と申し上げなくてはなりますまいから」

「それはもう、リギアがそうしたいというのだったら、私には引き留めることはできないわ……」

またしても、リンダは寂しそうに重たい吐息をもらした。

「カリナエの宮殿はどうなったのかしら。──デビ・アニミアたちは、一緒にとらわれた侍女たちなどはどんな運命をたどったのかしら。私ひとりがなんとか救出されて、こうして自由の身でいるけれども、とてもたくさんの人たちが──そうよ、アドリアンの身の上だってとても案じられてならないし、戦死されたラン将軍のご遺族だってもしできることならなんとか保護してさしあげたいわ。──なんだか本当に内乱ほど、恐しい運命をありとあらゆる人間たちにもたらすものはないわね。私は──私がもしもパロ聖王国の女王になったとしても、私は絶対にもう、国を守るためでなければ戦争はしたくないわ。二度ともう、たたかいはたくさん。むごい運命にあって泣くのはいつだって女たち、子供たち、老人たち、弱いものたちなんですもの」

「さようでございますね」

さして関心もなさそうにヴァレリウスはいった。そして、立ち上がった。

「それでは、私はいそぎもろもろの手配をいたしますので。マルガにお立ち寄りになれるよう準備をして、また、こちらをあすあさってにも、準備が出来次第引き揚げる用意を急ぎませんと……ご遺骸もあのままにおくのが、しだいにちょっと……気になってまいりましたので……」

「……」

それは、何を意味しているのか、ときこうとして、リンダはのどにことばがつまるような気がして黙った。

ヴァレリウスはうっそりと頭をさげると、そのあとを問いただされるのを恐れでもしたかのように出ていってしまった。

リンダはそれを見送って、ちょっとまた混乱したようだったが、しかしそのヴァレリウスの心をかきみだすことばについて、長く考えていることはできなかった。

侍女が入ってきて、ナリス王のなきがらに、お別れを申し上げにどこそこの代表と、なにやらの騎士団の代表が参っておられます、と告げたからである。これからしばらく、急な訃報に仰天し、そしてこのさきの情勢がどうなってゆくのかと案じてあわててともかくも押し寄せてくるたくさんの人々の弔問を、リンダは自分がひとりで引き受けなくてはならぬことを悟った。それはあまりにもぞっとしない見通しであったが——

「リンダさま」

侍女と入れ替わりに入ってきたのは、リギアであった。

「ああ……リギア」

「いろいろ、弔問が参っておりますようでございますが……身分の低いものたちの弔問まで、陛下が直接お受けになる必要はございません。わたくしが、かわりまして、弔問をお受けいたしましょう」

「まあ……リギア、ありがとう。本当にいいの？　助かるわ……」

「そんなことまで、なさっておられたら、リンダさまが参ってしまわれますよ」

リギアは、ひどくやつれ、白い短いヴェールを髪にうしろだけかけていたが、かすかにそのやつれた顔でほほえんだ。

「せめてそのくらいのおつとめはわたくしにも出来ますから。——御心配なさらず、もう、この控え室は近すぎますから、ご寝室にでもお戻りになって、お休みになっていたらようございます。もしも、ここではまだそうはないでしょうけれど外国の施政者の使節のかただの、どうあってもリンダさまをおよびしなくてはならないような重要なかたがおみえになりましたら、そのときは小姓にお伝えさせますから。……いまは、リンダさまこそ、おからだを大切にお休みになっていただかねば」

「それは、あなたがこれまでして下さったことの中で、一番ありがたい、親切なことのひとつだわ、リギア」

リンダは感動してそっとリギアの手をにぎりしめた。リギアはリンダの手をとり、ふたりの女はしばらく、同じ愛する人を失った悲しみによって、姉妹のように心を結びつけられて、じっと手をにぎりしめあっていた。

「でも……ねえ、でもお父上がお加減が悪いのではなくて？」

「父は、たいそうこのところ急に老いこんできておりましたので——うまく、この事態を理解することが出来ないようでしたわ」

リギアはひっそりと云った。

「あのままもしかしたら、父もいってしまうかもしれませんが、それはそれで——かえって、幸せかも知れないと思っております。どうしても、ナリスさまの亡くなったことが理解できない、のみこめないようで、ナリスさまはどうなさったのだ、いますぐ会わせろ、自分が会ってお話すればおわかりいただける、とそればかりくりかえしているかと思えば突然ぼうっとなって放心してしまったり——ナリスさまが、何かで父にご勘気を下された、とどこかで思ってしまったり、それから突然現実がちょっと戻ってきて——でも、それでナリスさまのご逝去、という事実につきあたりそうになるとあわてて現実を逃避してしまったり——かつては、あれでも、父もずいぶんとしっかりとしていたものでございますけれどね。このところ、負傷して寝付いていたり、いろいろありまして——また、父の親族関係がみな、クリスタルのレムス軍についたり、いろいろありましたので……老いた頭脳には少々、この変転が早すぎてついてゆけなくなってしまったのだと思います」

「まあ……」

「だいぶん弱っておりますし、以前の負傷も全治はしておりませんし……あるいはこれがいのちとりになるかもしれませんが、当人のためには……なんとむごいことをいう娘だとお思いかもしれませんが、父は実の娘のわたくしよりもさえ、ナリスさまのほうをわが子のように思っておりましたから――そのナリスさまがこの世においでにならなくなったら、おそらく、それに適応してゆくことはとうていできないと思いますわ。……年老いたガルムは三匹の若いトルクにしてやられると申しますけれど、なんだか、本当に、それを目のあたりにしたような気がしております」

「そう……あなたも大変なのね。お気の毒に、リギア……」

「私など、なんでもございません」

リギアはかすかにまた寂しそうな微笑をみせた。

「それよりもリンダさまが心配で心配で……もう、おやすみになって下さいませ。ゆうべは結局一睡もされなかったのでございましょう？　お顔色も悪いですし、どうか、お休みになって……このあともっともっと、いろいろと大変におなりになるのでございますから」

「そうね……おことばにあまえて、そうさせてもらおうかしら」

「なにがし市長となにがし騎士団のほうは、わたくしがお相手しておきますから。さ、スニ、リンダさまをお連れして……」

「アイ……」

三人が、立ち上がろうとしていたときだった。

「申し上げます」

ふいに、ひどくあわてたようすをして、侍女が入ってきてひざまづいた。

「あのう……アル・ジェニウスのご遺骸にぜひとも……ろうそくをたむけさせていただき、ひと目ご対面させていただきたいと、そのように申されて、あのう……あの、そのう、御自分は……アルド・ナリス国王陛下の弟アル・ディーンと申すものだ、と名乗って……吟遊詩人の身なりをした若いかたが、おいでになっておられるのでございますけれど……いまはまだ、歩哨がおひきとめしておりますが……いかがいたしましょうか……」

「ディーンさま？」

「アル・ディーン？」

リギアとリンダは、同時にするどくいって顔を見合わせた。

「なんですって……」

「お通しして」

リギアが、まだ何もいういとまのないうちに、リンダが云ったので、リギアは驚いた。

「リンダさま。まだ、でも、本当のディーンさまかどうかもわかりませんものを……」

「ディーンはマルガに、あなたとともにゴーラ軍のマルガ奇襲の急を告げにきてくれたという話は――そしてそのあとどういうわけかまた姿を消してしまったのだという話は、私、ヴァレリウスから聞いておりましたわ」

リンダは云った。

「たぶん、間違いないでしょう。それに、何をいうにも――ずっと昔に出奔してしまったといったところで、ただひとりの、ナリスの弟であったことには何のかわりもないわ。風のたよりにでも、この知らせをきいたら、そうよ、彼こそ一番さきにかけつけてくるはずですもの。……いいわ。お通しして。その、市長たちと騎士の代表団のかたたちのほうは、ちょっとリギア卿にお願いして、第二客間のほうで弔問を受けていただいて、のちほど、ろうそくをたむけていただけばいいということで……先に、あちらにディーンさまをご案内してちょうだい。あなたには、そっちの人たちをお願いしてしまっていいかしら、リギア」

「もちろん」

リギアはまだ驚きながらいった。

「そうでございますね……確かに、ディーンさまはまだこのあたりにおられたのだったら、きさつけてまっさきにおいでになりますわね。……ですからあんなに、何度も、とにかくマルガでご兄弟対面をおすませ下さい、ナリスさまは絶対に許して下さるから、と申し上げたものを。——などといっていても仕方ありませんわね。それでは、わたくしがあちらのお客様たちはまとめてお引き受けしますよ。ディーンさまをよろしくお願いいたします。ヴァレリウス宰相をお呼びいたしましょうか？」

「いいえ。私ひとりで大丈夫よ。というより、そのほうがいいと思うわ」

リンダは云った。そして、ながらく行方の知れもしなかった義弟を迎えるために、喪服のすそをさばいて立ち上がった。

第三話　喪　失

1

リンダはまた、スニだけをつれてひっそりと花におおいつくされた喪の部屋に入っていった。

だんだん、そこに出入りするのもたびかさなって、少しづつ、そのたびに奥のひっそりとしずまりかえっている寝台に目をやって心臓がわななくような思いも少なくなっていたけれども、まだ、その没薬と香のかおる花づくめの部屋に入るたびに、なんとなく感じるおののきと心のふるえ、そして重たい悲哀のほうは消えたわけではなかった。白いレースでおおいつくされた天蓋つきのベッドの上で、花におおわれた布団のあいだから、白い布をかけられた小さな丸い部分がひとつだけのぞいている。それに目をやることさえはじめは出来なかったのだが、いまは、むしろふしぎな思いで入るたびにそこに目をやり、まだ、（いまのは、すべてこれも陰謀にすぎないんだよ、リンダ！）と彼女の夫が、ずるそうに笑いながらあの黒い不思議な、夜の湖のように深い目を向けていうのではないのか、という気持にとらわれるのだった。

だが、むろん、そこはひっそりと花につつまれ、レースにおおわれたままましずまりかえっているばかりで、祭壇にともされたろうそくがゆらゆらと陰気な影を室内におとし、そして没薬の紫の煙がくゆりながら室内をいっそう神秘的なもやのなかに包み込んでいるだけであった。

リンダはまた、祭壇の手前の両側にななめに並べられた弔問用の椅子の、左側の一番ベッド寄りのひとつに腰かけて、客のおとずれを待った。

しばらく、誰もやってくる気配もなかった。リンダが、かたわらのスニに、いったいどうなったのか調べてくるように命じようかと迷いはじめたころに、足音が次の間にひびき、そして、そっと扉がひかえめに叩かれたのだった。

「どうぞ」

リンダの低いいらえをきいても、まるで、その扉の前にたっているもののためらいを示すかのように、扉はなかなか開かなかった。それから、ふいにありったけの勇気をふるいおこしたかのように、扉がひきあけられ、そして、誰かが入ってきた。

が、そのまままた、薄暗い室の没薬のかおりと花のにおい、そして室をうずめつくしているたくさんの花にうたれたように、入り口で足をとめてしまう。リンダはゆっくりと目をあげて、入ってきたものを見上げた。

それは、吟遊詩人のなりをし、三角の吟遊詩人の帽子を手に持った、ほっそりした青年だった。栗色のゆたかな巻毛の髪の毛がだいぶん長くのびて首のうしろでひとつにたばねられ、喪のしるしにとりあえず、その髪の毛をたばねた布も、肩から羽織っている旅行用の短いマントも黒の喪装のそれになっていた。

リンダはひそかな非常な興味をもって、入ってきた青年をヴェールのかげから検分した。そして、このような場合にもやはり、ヴェールというものが、かなり便利であることだけは認めないわけにはゆかなかった。

リンダにとっては、自分がナリスと婚約したり、結婚したりするはるか以前にクリスタル宮廷を出奔してしまったこのいとこであり、夫の異母弟、つまりは義理の弟ということにもなるパロの第三王子——もとの、ではあってもそうには違いなかった——とは、ほとんど面識がないといってもよかった。むろん、その存在はよくきいて知ってはいたし、子供のころには、たまに顔をあわせるようなこともなくはなかったのだが、子供のころには、リンダとレムスとはクリスタル・パレスで、将来の王太子とその姉として大切に、特別に守られて育てられており、会うとすれば特別の儀式や式典、あまり自由に口をきけないような堅苦しい場所でばかりだった。アルシス－アル・リース内乱の不幸ないきさつもあったことゆえ、ナリスとさえも、リンダたちは自由に交流していたわけではなかったし、ナリスとよく会うようになったのはナリスが十八になって、おのれのあくなき努力によってクリスタル宮廷に独自の地位をかちとり、クリスタル公を拝命して、ようやく正式なパロ王家の一員と認められたあとのことであった。

そのときでもだが、リンダはまだごく幼い少女であったし、そしてまた、アル・ディーン王子は生母の氏素性がごくいやしいということで、あきらかにナリス王子、リンダ、レムスの子供たちとは、一線を画した存在としてみられ、扱われていたのも確かであった。リンダはそのころまだ幼すぎて、その扱いの差別のひどさに義憤を感じるにもいたらなかったが、アル・ディーン王子がどれほどはっきりと「王族のなかで一格以上おちる存在」と見なされ、扱われていたかは、のちにきかされたいくつかの話でも明らかであった。つまりは、アル・ディーン王子は彼女たちの父である国王アルドロス三世と、直接に親しい口をきくことは許されてなく、王子としてよりも臣下としての礼を尽くすことが求められていたし、式典のおりの休憩室などでも、ナリスは自由にリンダやレムスと同じ室で、かれらと楽しく会話することもできたが、ディーン王子は別室を用意され、いわば隔離されていた、というようなことである。

それだけがディーン王子の出奔の直接の理由とはとうてい思えなかったが、しかし、それは大きな理由のひとつであるのも確かだろうとリンダは思っていた。そしてまた、ディーン王子の突然の出奔は、これまたリンダたちがまだわずか八、九歳のころのことであったから、そのことについていろいろと皆にききほじるわけにもゆかず、そうこうしているうちに、あの運命の黒竜戦役がモンゴールの奇襲によって勃発し――というわけで、アル・ディーン王子とリンダとの接点は、同じパロ聖王家の一員としてごく近い親戚関係にありながら、ほとんどなかった、といってよかったのだ。

リンダの記憶にさいごにあるアル・ディーンの姿といったら、おそらく、たまたま彼が出ることを許された何かの式典か宴席かでの、片隅にいくぶんおどおどしたようすで立ってただひたすら、救いをもとめるように兄のナリスのほうばかり目で追っている、小柄で目立たない地味なすがたばかりで、それもまだたぶん十代なかばくらいの少年だっただろう。その以前はともかく、クリスタル公を任命されてクリスタル・パレスの社交界にデビューを果たしたあとのアルド・ナリスは世にも華麗な存在であり、つねにその華やかで流行の最先端をゆく思いきった服装と、それがぴったりとつりあっていちだんと引き立てる世にも美しい容姿、そしてまた、才気煥発な会話と華やいだ雰囲気とで、どこにいてもあっという間にその座の中心になってしまう存在であった。その兄だけが頼りだ、というように――幼い子供だったはずのリンダにさえそう感じさせてしまうほどにおどおどと、いつも（ぼくなどがこんなところにいていいのでしょうか……）とでもいいたげなようすでちぢこまっている《壁際の少年》は、これは故意ではなかったのだろうが、いかにも「構われていない」という印象を漂わせ、服装も、兄の華麗さをまるで引き立てるためのように、さすがにみすぼらしくこそはなかったが、何の飾りもしゃれたデザインもない、もっとずっと身分の低い子供の服のようなものだったし、誰かが声でもかけようものならそのたびにびくっ、びくっと顔を青ざめさせたり、真っ赤に染めたりしてあとずさりするようすそのものが、「あのナリスさまの弟だなんて、なんて似ても似つかない……」といわれるためにだけ存在しているようなあわれな印象を与えた。

それはだがそれで、リンダの心には、ある意味強く刻み込まれていた異様な印象ではあったのだ。リンダはそれほど目はしのきく子供ではなかったし、王女として我侭一杯に育っていたから、それほどまわりにつねに心を配っているというほうでもなかったが、すこやかな両親や周辺の愛とこころづかいとに守られて健康にすくすくと育っていたので、なんだか、そのおどおどしたようすの従兄に、ひどく異様なものを感じて、じっと見つめたりしていたのだった。その視線に気づくと、ディーンのほうはあわてて目をふせ、カーテンのかげに隠れてしまったりしたものだが。

そののち、ディーンが出奔してしまってからは、それはもう、「パロ王家の恥部」として、格調を重んじる母のターニア王妃などは口にするのもうとましい、というふうだった。それゆえ、リンダも、ディーンについてはもう、うかうかともらさぬように気を付けて、その名もそうやっていつしかにすっかり忘れ去られていたのだ。

だが、いま——

そこに、どうしてよいかわからぬように、目をふせ、怖いほど青ざめて立っている青年は、日に灼けた肌と、なかなかととのったかわいげのある愛嬌のある目鼻立ち、それに、華奢な感じだがしっかりとした細身のからだつきをした、かつて知っていたおどおどした子どもとは似ても似つかない存在だった。確かにひどく惑乱し、うろたえ、怯えてもいるようだったが、それは、おこったできごとに対してであって、このような場所に入ってきて、リンダと直面している、ということにではなかった。その、愛嬌のある世慣れた物腰のようなものはリンダにはなかなか物珍しく、それに彼女は好意を持った。ディーンは——それともマリウスは、というべきか——、まるでほかのものが何も目に入らなくなったかのように、だが見るのも恐しく、見ないのも恐しい、というかのように、寝台のほうに目をやったり、あわててそらしたりしながら、そこに立ちつくしていたが、そのようすもまた、リンダ自身のはじめにその知らせをうけて室にかけこんできたときの気持にかなり通じるものがあったので、それに対しても彼女は好意を持った。

「ディーンさま。——アル・ディーンさまでいらっしゃいますのね?」

彼女は、いつまでたっても、どうしてよいかわからぬようすのあいてをみて、自分のほうから低く声をかけた。マリウスがびくっとする。

「たいへんお久しぶりにお目もじいたします。このような場合ですので、わたくしから手短かに御挨拶させていただきますけれど……わたくし、リンダ・アルディア・ジェイナ、アルド・ナリス神聖パロ初代国王の王妃でございます。——ディーンさまとは、もう幾久しくかけちがってお目にかかっておりませんが、子供のころには、クリスタル・パレスで幾度かご一緒させていただきました。——覚えていらっしゃいまして……？」

「ああ……ええ、はい、もちろん、覚えております」

マリウスはびくっと身をふるわせて、リンダを見た。それから、いまはじめて彼女が目に入ったようにいくぶんはっと目をまたたいた。

「おお……でも……もしもいますれちがったとしてもまったく見分けはつかなかったでしょう。……ぼくの存じ上げているリンダ姫は、お小さい、それはそれは可愛らしいあどけない子供だった。——はじめましての御挨拶をしたほうがいいくらいです。ぼくも——ぼくもできることなら、一度捨てたアル・ディーンの名ではなく、吟遊詩人のマリウス、と、いま名乗っている名前で呼んでいただけたらと思うのですが……でも、ここにこうしているのは確かに、まぎれもなく、アル・ディーン、パロの王子アル・ディーンなのですから……」

「どちらでも、およろしいように、わたくしでしたら、あなたのお望みのようにお呼びいたしますわ。なんとお呼びいたしましょう？」

「いや……ここでは……ディーンと……」

マリウスはわななくような息をついた。そして、また、ちらりと天蓋つきのベッドの奥に目をやり、あわててそらした。

「先日は……ゴーラ軍のマルガ奇襲の知らせを、リギア聖騎士伯ともども、お身の危険もかえりみずに、マルガにお届け下さったそうで……わたくし、生憎とそのとき、ヴァレリウス宰相と、ケイロニア王グインさまの援軍を要請するためにマルガをはなれておりましたのですが、そのおりのお礼はいくら申し上げてもたりることがございません。――長年、パロをはなれていらしたのに、やはり、ご兄弟のきずなを感じてくださって……もし、あのお知らせがなかったら、マルガはなすすべもなく全滅していただろうと主人も申しておりました。……いずれにせよ、敵は圧倒的に強大で……マルガはほぼ壊滅いたしましたけれども、その後いろいろな変転をへて……このようなことになりまして……」

リンダはそっとさしうつむいた。

「でも、ディーンさまに、こうして、さいごのお別れにいらしていただけて――あのひともさぞかし喜んでいることと思います。……顔を、ごらんになります――?」

「い――いや……」

ふいに、激烈な恐怖にかられたように、マリウスはあとずさりした。そしてほとんど、扉につきあたってしまうところだった。

「ちょっと、ちょっとだけ待ってください。まだ――まだ信じられないんです。……ここにくる途中だって、足ががくがくふるえて――だけど、きっとこれは何かの間違いなんだ、これまでもこんな話は、兄がそうなったという話は――何回も伝わってきたし、でもそのたびに、それは誤報であったり……策略であったり……いろいろだったから、だからきっと……これも……」

「こんどは……残念ながら、今度だけは、誤報でもなく、陰謀でも敵の目をあざむく策略でもございません」

リンダはいくぶん意地の悪い気持ちになって云った。

「私の夫、神聖パロ初代国王、元クリスタル大公アルド・ナリスは、確かに……昨日、この家のうちでみまかりました。享年三十一歳でございました。――たいへん、いろいろな苦難がございまして、ほとんど、この数年というものは寝たきりの状態でございましたが――その状態のままでもさらにいろいろな苦難がございまして……ゴーラ軍のマルガ奇襲のみぎりに、ゴーラ王イシュトヴァーンに人質として連れ去られたことが、結局いのちとりとなったようでございます。お心が落ち着かれましたら、どうかぜひ――ただおひとりの弟として、兄上に、さいごのお別れを……お顔をごらんになって、お別れをいってさしあげて下さいませ」

「そんな……」

一瞬、何をどう考えてよいかわからなくなったかのようにマリウスは云った。

それから、ふいに、びくっとからだをふるわせた。

「どうして、そんなに落ち着いていられるんです？」

低い——だが、どうにもとどめかねたような声で、マリウスは囁いた。

「見かけだけなのかもしれないけど……いとこのリンダ、そう呼ばせてもらってもいいでしょう。……ぼくが、不作法だったり、ぶしつけだったら許して下さい。ひとつにはぼくはもう……長いこと宮廷作法なんか関係ないところで暮らしていました。すっかり、そんなパロ流の礼儀作法なんか忘れてしまったんです。第二には、ぼくはいまとても——本当に動転しています。なんだか突然、天が裂けてそこから何かが落ちてきたみたいな——決して動くはずのないと思っていた星が落ちてでもきたような、そんな気がして何もかも信じられない。……それに、あなたがそんなふうにして落ち着いて、おだやかな声でそんなことをおっしゃってるのをみると——やっぱりこれは、すべてがぼくを、ほかの誰でもないこのぼくをおびきよせ、とじこめるための陰謀だったんじゃないのかと思えてくる。もちろん、それがどんなにばかげた話かは知っていてもです。……もう、ナリスだってぼくになんかそんな興味などみじんも持っていなかった。それもわかってる、自分がもう、そういう宮廷世界の場面なんかから遠くはなれてしまったこともわかっている。だけど……だけども、あまりにも、なんだか途方もなさすぎて……とても真実とは思えない。あなたは——そんな気がしないんですか？　ぼくは、あなたとナリスが結婚した、ということさえ、とても遠くの——そう、遠い遠いところでひとづてにもれ聞いて、なんだかとても違和感を覚えた。ぼくの知っているあなたは、まだほんの十歳にもならぬ、あどけない、それはもう天使のように可愛らしいかがやくような美少女だったから……そのときのあなたしかぼくの心の記憶には残っていなくて……なんだか、いまここでそうやって、若い未亡人の喪服に身をつつんで、落ち着き払って、『夫も喜びますでしょう』なんていっているこの若い女性はいったい誰なんだろう？　それさえわからなくなりそうだ。さいごには、自分自身が誰なのかさえ、わからなくなってしまうかも——ど、どうしたんです？」

ふいに、リンダがむせぶように、手布を顔にあてたので、マリウスは驚いて黙った。

リンダはカラム水を飲んで気を落ち着けた。

「失礼いたしました。本当に、失礼いたしました。ディーンさま」

リンダはいくぶんかすれた声でいった。

「やっぱり——お母様が違うとはいえ、なんだか本当に、ご兄弟なんですのね。……声も似ても似つかないし、お顔やおすがたはまた、本当に弟でいらっしゃるのかしらと思うくらい、髪の毛の色から、ごようすから、お顔立ちまで、何から何まで違ってらっしゃるのだけど……その、お話しぶりをうかがっていたら、なんだか——どこがどうというのではないんですけれど、なんだかまるで、ナリスが話しているような錯覚がしてしまって……すみません。取り乱してしまったりして」

「ああ……」

マリウスはまだかなりめんくらいながら云った。

「すみません。ぼくは考えなしで……もともと、とにかくあまりにもしゃべりすぎるって、誰にでも怒られるんです。そんなつもりはないんだけど、ふっと、どうかしたはずみに、しゃべり出すと自分でもとめられなくなってしまったり——というより、お前は、考えていることがそのまま外に垂れ流しになってるだけじゃないかとよく妻にも怒られます。……あなたがしゃべってると、頭痛がするときがあるわ、マリウス、お願いだから、五タルザンだけでいいから黙ってじっとしていられないの、って。黙っているとこんどはキタラをいじりだしたり、動き回ったり、とにかく一瞬もじっとしていない、って」

「ま」

思わず、リンダは、泣き笑いのように笑い出した。

「面白いかた」

「そ、そうですか？」

「そういうところは、ナリスとは、全然似ておいでにならないわ。……ナリスが冗談をいうなんて、想像もつきませんでしたもの。——いえ、もしかしたら、云っていたのかもしれませんけれども、あの、いつも超然としてとても理知的な調子でいうものだから、私などには、それが冗談とはとてもわからないようなものばかりだったのだと思いますわ。……でも本当に、長い長いあいだ、お目にかかっていなかったのですわね。……どうしておいでになりましたの、もしもうかがってよければ——？」

「それについても……」

マリウスはまたしてもびくっとした。こんどは、怯えたというよりは、痛いところにふれられたおののきだった。

「あとで……ちょっとお時間をいただいて、ちょっとご相談しなくてはいけないことがあるのですが。——でも、ぼくが——ここにやってくるのに、どれほど勇気をふるいおこさなければならなかったか、どうか、それだけはわかって下さい。リンダさまはお優しいかただから、きっとわかって下さるでしょう。ぼくは、——ぼくは、本当に、臆病者なのです。ナリスを失望させるのがいやで、ナリスのもとから出奔してしまった。そして、ナリスに会うのが恐ろしくて、こないだマルガに訪れたときも、マルガ離宮で、ナリスに会うのを待っているあいだに心臓が破けてしまいそうになって、窓から逃げ出してしまった。……いまとなっては、それはぼくの生涯どれほどくやんでもくやみきれない後悔となっています。あのときに会っていれば——少なくとも、あのときにほんのちょっとだけ勇気があれば、ぼくは、ナリスに会うことができた。生きているナリスに会って……そうして、黙って兄のもとを去ったことの赦しをひとことだけ乞うことが出来た。それでもしもゆるしてはもらえなかったとしても、ぼくのほうは、謝罪をした、ということで、気が済んだでしょう。だけど……もう、それはすべて遅すぎた。……ぼくは、ナリスの訃報を——ぼくがいま世話になっているある老魔道師からきかされたとき、まったく信じようとしませんでした。そんなのは嘘だ、あのひとが死んだりするわけはない、ぼくはただひたすらそう言い続けました。魔道師は、それならば、自分の目で確かめてきたらよかろう、そしておのれの運命を、おのれで決めてこい、そういってぼくをここに放り出しました。……ぼくは、ちょっとわけあって、ずっと、あちこちさまよった揚句、その魔道師の助手のようなことをしていたのです。べつだん、そうなりたいと思っていたわけではなくて、あやういところを助けてもらって、そのお礼と、ぼくには妙にうまのあう、いごこちのよいところだったので、居着いてしまっていたんですけれどもね。それも——その魔道師は、お前は、わしのところが居心地がいいのではなくて、いま、外の世界に出るのがイヤなだけだといつも云い云いしていました。まさにそのとおりです。——ぼくは、ざんげするためにここにやってきたのです。ぼくは……ぼくは卑怯者です。ぼくはおろかな、臆病な——おのれの怯懦とおろかしさのために、自分の人生をいくたびもあやまり、多くの人びとに嘆きをかけ——何度も、何度もおろかな選択をして道をあやまってきた男です。――もう二度と逃げてはいけない、そうはっきりと云われていたのにもかかわらず、ぼくはまた逃げた。――そして、ぼくは――いま、ぼくは、《すべてを失った》というような気がしています。――そう、ぼくは、すべてを失ったのかもしれない。ある意味では――ぼくは、妻と子供をおいて、兄に会うという口実のもとに家を抜け出し――そして、その兄に会えるだんになったら恐怖にかられて窓から逃げ出しました。いつも会いたかったのに――会いたくて、会いたくてたまらなかったのに。そしてその兄を、嘆かせて出奔してしまったのはぼくのほうだったのに。……だのに、兄は、そのぼくをなおも許してくれて、魔道師の護衛をつけ、いつでも戻ってきたいときにはくるようにといってくれていたのに――それをもぼくはふりはらって逃げて――地の果てまでも逃げて――そして、いくたびかは……もう逃げない、そう思い決めたときにはいつだって、ぼくの選択は神のよみしたもうところとなり……ぼくにあらたな人生や人生の伴侶、あらたな幸せをもたらしてくれたのに――」

「ディーンさま……」

いくぶん――いや、かなりとまどいながら、リンダは、奔流のようにあふれ出すマリウスのその独白をきいていた。

それも無理はなかった――彼女にとっては、マリウスがこれまでどのような場所で、どういう人たちと、どのように暮らしてきたのか、というようなことは、まったく、何の知識もないことだったのだ。ナリスはヴァレリウスの情報もおのれの魔道師の情報網もあって、マリウスがどのような状況にあるかということはおおむね把握していたし、マリウスがキタイに拉致されたことも、そこからグインによって脱出できたことも、当然ケイロニア王家の女婿となって一児をもうけていることも知っていたが、それをリンダには何も告げていなかった。それどころか、マリウスがオクタヴィアの夫としてケイロニア宮廷にあることは、ナリスとヴァレリウスにとっては最高の機密にせねばならぬ事柄でさえあったのだから。

それゆえ、リンダはただひたすら、めんくらいながら、この十年以上ぶりに会ういとこの、あふれるばかりのことばをきいているばかりだった。

2

「ぼくは――ぼくは、きょうここにやってくるについて、ひとつの覚悟を決めてきたのです」

だが、マリウスのほうは、もう、彼のいつものつねで、こうなると、相手が事実上は初対面にひとしいリンダであろうが、誰だろうが、ほとんど気にとめてさえいなかった。というより、そのようにしておのれの考えを追い始めたがさいご、もう、彼にとってはまわりの世界そのものが、あってなきが如きものだったのだ。

「覚悟というより……神託を求める気持、といったほうがいいかもしれません。……それはこうです。ぼくは……ぼくは長い、長い間、きっと一生の大半、間違った選択ばかりしてきた。むろん、時にはそうでなかったこともある――それはぼくが逃げなかったときだった。でもいつもいつもぼくだって、自分が逃げたことを意識していなかったわけじゃない。むしろ、ぼくがそこからやみくもに、しゃにむに逃げ出したあとではやっぱりものごとはなんだかうまくゆかなくなり、おかしくなり――そうなってからぼくはよく、ああ、やっぱりぼくはあのときに間違ってしまったのだ、と心のなかで痛恨を感じました。……だけど次こそもう、間違いをしないようにと思いながらも、次のときになるとまたぼくは、ついつい楽な道へ、辛い試練と直面しない道へと逃げてしまって——でも、ヤーンの神はそのたびにぼくに、かえってあらたな辛い試練を下される、というかたちで、ぼくを必ず正しい道へ連れ戻ろうとしつづけていて下さったのです。……そう、ぼくは——ぼくはなんとかして生まれ変わりたいと思った。もう、ぼくもそんなに若くない。もう、可愛い娘の父親でもある。——なんとかしてぼくももっとまともな人間になりたい。グイン、そう、グインのような——どんな試練がまえに待ちかまえていることがわかっていても逃げることなく突き進んでゆける勇気ある、怯懦でない人間になりたい。——なんだか、ぼくは、おのれが兄を失ったことが、その最後の機会のような気がしているんです。兄とひきかえに——といったら兄の妻であるあなたにあまりにも申し訳がない。でも兄は……ずっと、ぼくにとってはただひとりの英雄であり、神であり、ぼくの持っていないすべてを持っている人だった。ぼくは……ぼくは、その兄に直面することから逃げてしまった——兄に会ってまた失望されるのがいやだった。兄が、いろいろとむごい試練をうけて、片足を失い、からだの自由も失って変わり果てたという話をきいていて、あの美しくなんでも出来るぼくの神のようだった兄のそんなすがたを見るのがいやだった。その兄をみて動揺する自分を兄に見られるのがいやで——

そして、これもう認めなくてはいけない、ぼくは認めます。ぼくは……そのような寝たきりの廃人になった兄をおいて去ってゆくことが出来なくなるのが怖かったし……兄に会うことで自分が引き受けなくてはならなくなる重大な責任――パロ聖王家の一員としての責任が恐ろしかった。だから、ぼくは……逃げた。だけど、どのような言い訳があったところで、ぼくは……逃げたことには違いはない。そうして、ぼくが逃げたことで、兄は永久にぼくから失われてしまった……それが、ヤーンがぼくに下したもうた本当の、さいごの試練だった――いや、さいごの罰だったのかもしれない。さいごの、と思いたい……こんなぼくでさえ、これだけの大きな聖なる試練によって、これだけのおおいなる犠牲によってはついにきよめられ、浄化され、正しくなれるのだと……」

「…………」

リンダはいくぶんふらふらしてきて、マリウスを迎えるために立ち上がっていたのだが、椅子に崩れるように座った。マリウスは気づかずに続けた。

「もしも本当に兄が――クリスタル大公、神聖パロ王国の初代国王アルド・ナリスがこの世を去ったのだったら――陰謀でもなく、策略でもなく、たわむれでもなく、本当にぼくのただひとり愛した兄がもうこの世界にどこにも存在しないのだったら――ぼくは、ぼくが――兄にかわって神聖な義務をはたさなくてはならないだろう。かつてぼくは、それがいやで、いろいろな口実のもとにクリスタルを飛び出して勝手気儘な旅に出ていってしまった。宮廷のしきたりも、ぼくをいやしい母の子として差別する宮廷びとも、パロの王家の血も、何もかもうんざりして、忌避して、ぼくはそれを投げ捨てました。弊履のように――だけど、ぼくはふしぎなさだめにより、やっぱりここに引き戻されてきた。あるいは兄がぼくをここに導いたのかもしれない。あのマルガ奇襲、イシュトヴァーンのマルガ奇襲を知ったのもまた、これもヤーンの導きとしかいいようがなかった。すべてが、いかにぼくが逃げようとしても、逃げても、さいごには、ふしぎな運命の渦のなかにぼくを連れ戻す――リンダ。いとこのリンダ、そしていまやぼくにとっては、亡き兄の妻として、ぼくの義理の姉であるあなたに、ぼくは……云わなくてはならないことがあるのです」

「それは……何……」

言いかけた瞬間だった。

「失礼いたします」

いきなり、扉が開いた。

「あ」

「神聖パロ王国宰相ヴァレリウス伯爵であります」

ヴァレリウスはいくぶん蒼白になっていた。

「失礼して――たいへん重要なお話でありましたので、お話はうかがわせていただいてしまいました。リンダ陛下、恐れ入りますが、しばし、別室でお待ち願えませんか」

「何……わかったわ。いいわ」

リンダは、察しよく、ヴァレリウスの表情で何かただごとならぬ事態が隠されていると見てとって、スニをよび、そのまま室を出ていった。

マリウスは、驚いたように、ヴァレリウスをじっと見つめて黙っている。

「アル・ディーン殿下。――それとも、ササイドン伯爵と申し上げたほうがよろしゅうございますか」

ヴァレリウスは一気に切り込んだ。マリウスがびくっとした。

「え……」

「ただいま、リンダ陛下に、殿下がお話になろうとされたのは、そのことでございますね？　殿下がただいま、ケイロニア帝国皇女オクタヴィア殿下の夫として、ササイドン伯爵の地位におられ、そして、ケイロニア皇帝家とパロ聖王家の血をあわせ引くただひとりの存在、マリニア皇女殿下のお父君であられる、という……」

「え……ええ……」

マリウスはとまどいながら云った。

「あなたとは……前に……？」

「私は、イェライシャ導師もよく存じ上げておりますし、ひとかたならずお世話にもなっております。また、むろん、パロ魔道師ギルドの一員として、ナリスさまが殿下をお守りするためにつけたロルカやディランら魔道師は朋輩でもございます。……宮廷でも何回もご一緒はいたしておりますが、当時の私は一介の上級魔道師にすぎませず、きわめて身分低いものでしたので、王子殿下にはご記憶にあられなくて当然と存じます。……その後ふしぎな巡り合わせにより、ナリス陛下のご信頼を頂戴し、神聖パロ宰相という名前を拝命いたしましたが――先日のマルガ奇襲のおりには、おりあしくリンダ陛下のお供としてグイン王陛下の陣営におりました」

ヴァレリウスは早口でいった。そんなことはどうでもよい、と言いたげであった。

「殿下。――さきほど、リンダさまにおっしゃろうとしたのは」

「その――そのことです。ええ……でも、あなたが知って――どうして……」

「殿下の動静については、ナリス陛下はつねに関心をもっておいででしたし、その安否についてもたいへん気遣われておりましたので、あるていどの情報はつねに把握しておられましたし」

ヴァレリウスはじれったそうにいった。

「それに、これほど重要な事柄は、たとえケイロニア皇帝家が内密に、機密にしようと、まったく洩れずにいられるというわけには参りませぬ。――魔道師をかかえている宮廷の大半では、もうすでに、ケイロニアのオクタヴィア皇女のご夫君ササイドン伯爵マリウス殿下は、実はパロ第三王位継承権者——ただいまではナリス陛下のご逝去と——それ以前に、王位継承権剝奪をレムス王より宣言されておられましたので、そのときから、第二王位継承権者であられるわけですが——アル・ディーン王子である、という情報は、あるていど出回っているとお考えになったほうがよろしいかと思います」

「そんな」

マリウスは青ざめた。

「だって、ぼくは……ケイロニア宮廷だって、誰にも絶対知られないようにと……」

「諜報合戦などと申しますものは、なかなかに、どのような機密をでも、たやすくあばき出してしまうもので」

さらにじれったげにヴァレリウスはいった。

「それに、たとえどれほど殿下ご本人がおいやと思われましょうと、それは単なる事実で——事実はどうすることもできませんし。マリニア皇女殿下がケイロニア大帝の孫娘にして、パロ第二王位継承権者のご息女であり——したがって、この姫君が、ケイロニア皇位継承権とパロ王位継承権をかねそなえたたぐいまれな存在であるということも、動かすことは出来ません。——ええと、ケイロニアが、グイン王には皇位継承権は与えられておりませんので、シルヴィア姫、オクタヴィア姫、そのお次がマリニア姫で三番目の皇位継承権者、パロが、王太子と称しているあのアモン王子なるものをやむなく第一王位継承権者と数えることにしますと、リンダ陛下、ディーン殿下、そのお次で四番目、アモンを度外視しますと第三王位継承権者となられる、これは、きわめて高い順位であると思います。——ケイロニア宮廷もたいへん頭をいためておられたでしょうが、これは、パロ聖王家にとってもたいへんな問題と存じますね。まして、ナリスさまとリンダ陛下のあいだには、お子さまはついにおありにならず、そしてアモン王子と称する怪物はキタイの傀儡である可能性がきわめて高い、ということは、もしもレムス王がグイン軍によってクリスタルから逐われ、パロ聖王位を失うことになればただちにリンダさまが女王として即位され——ディーン殿下が王太子とおなりになるか、あるいは、殿下がそれをすでに王位継承権は放棄したとして拒否なさるのなら、ただちにマリニア殿下が、ケイロニアの皇女でありながら、パロの第一王位継承権者になられる、ということなのですぞ。——ということは、マリニア姫が万一ケイロニアの皇帝となられれば——ケイロニアとパロは統合されてしまうということになりますので」

「それは、そうだけど、しかし……」

「いや、少々お待ち下さい。——これはしかしのどうのというような事態ではございませんので。——そうでなくてもパロの国体はこのような内戦の末期症状の状況下にあって激動しております。神聖パロはリンダ陛下が女王として即位されるのを拒否されたことで、終焉を迎えることになりましたが、しかし近日中にレムス王とのたたかいにグイン王が決着をつけられれば、リンダ陛下はパロ女王として即位されることになる、これはもう、かなり近いうちにおこる確定的なできごとと考えてもよろしいでしょう。――しかし、リンダさまにはお世継ぎがおられない、当面はずっとおありにならないでしょう、再婚されるにしても、三年の喪があけるまではパロ王家のしきたりとして、許されませんから。そのあいだに、ケイロニアがマリニア皇女をおしたてて、パロの王位継承権を請求すれば、これは……これはケイロニアにとってよりも、パロにとってたいへんな事態です。また、ここにかかわっているのはすべて女性たちばかりですから、そこに万一、どこかの王子がその夫としてかかわってくることを望んだ場合には、さらに中原は重大な混乱にまきこまれることもありえます。――私がおとめしたのは、いったんあなたがリンダさまにその現在のお立場をお話しになるということは、もうとりかえしがつかず、パロとケイロニアとがその混乱のなかにまきこまれてゆく、ということを意味するからなのですよ」

「それは、そうかもしれないけどでももうぼくは逃げるのはやめたんだ」

決然と――彼自身の気持ちとしては決然と、マリウスはいった。

「たとえ、それがどんな混乱を招くとしたところで、ぼくがオクタヴィアを愛して、タヴィアがぼくを愛してくれて結婚して、二人のあいだに、マリニアというむすめが生まれたのは事実じゃない？　だったら、それはもうかえることができないことで、それに……」

「もしもそれで、あなたがケイロニアに戻って、こんどはオクタヴィア皇女とのあいだに万一男の子が生まれたらどういうことになると思うんです」

手厳しくヴァレリウスは決めつけた。

「その子こそ、ありとあらゆる意味でパロとケイロニアを統合するだけの資格をもった王子となるんですよ。幸いなことに、ディーンさまが野望に燃えるタイプではないってことは私は知っています。そうでなければ、あなたはいまや、中原をどのようにでも攪乱できる立場をお手にいれていることになる。同時にしかしそれは、暗殺される危険、拉致される危険、人質にとられる危険、ありとあらゆる危険を秘めていることでね。じっさいあなたがイェライシャ導師に拾われてくれたというのは、僥倖以外の何者でもないですよ。私も、イェライシャ導師から、自分のもとにいま、マリウスどのをかくまっているよ、ということはうかがっておりましたから、よく存じておりましたがね」

「そんなになんでもよく知っていたのだったら、もう、マリニアについてもぼくについても打つべき手は考えてあるんでしょう？」

ちょっとむっとしてマリウスはいった。どうやら、イシュトヴァーンとはまったく違った意味で、やはりヴァレリウスとマリウスというのは、うまがあうとか、話があう、とはとうてい言い難いようであった。

「だったら、そのとおりにしたらいいと思うし。ぼくは、リンダにこの話をしようと思ったのは、なにも中原の政治がどうのなんてことにくちばしを出そうと思ったからじゃあないんです。ぼくは――ぼくはただ、ざんげをして、そして……これから先、これまで出来なかったことを、ナリスのために、ナリスにかわってしばらくでも、パロが平和を取り戻すために尽力することを、リンダに告げて安心させたかっただけなんだ」

「たいへん有難いお話でもありますが、しかし、いまケイロニアとの関係はパロにとっては、グイン王陛下とリンダ陛下とが心を通わせておられるということで、たいへんうまくいっている、といっていい状態なんですよ」

ヴァレリウスはむっつりと云った。

「マリウス殿下は、奥方のオクタヴィア姫とマリニア皇女とをおきざりにして、ナリスさまの死を確認する、という口実のもとにサイロンを出奔されたのでしたね。それも魔道師から報告が入っておりますが、また、マリニア姫は、お耳が生まれつきご不自由なこともあって、ケイロニアのアキレウス大帝にとっては、もうそれこそ目のなかに入れてもいたくない掌中の玉、最愛の、ということばでは足りないくらいに溺愛しておられる孫娘だとうかがっております。その大事な孫娘を置き去りにして出奔した無責任な父親、ということで、だいぶん、ササイドン伯爵はアキレウス大帝のお怒りをかっているそうではないですか。だとしたら、殿下がそうしてここで、パロのために、第三王位継承権者として登場してくださることは、せっかくパロのためにクリスタルを奪還しようと戦いに出発されるグイン陛下の体面のためにも、ケイロニアとパロの間柄のためにも、きわめてまずいことになるんではないかと思うんですけれどね」

「そんなこと、関係ないよ。いくさのために、国際政治のために、ひとの心が犠牲になるなんてことはあってはならないとぼくは思う。マリニアやオクタヴィアをなにもぼくは置き去りにしたわけじゃない。ただ、ぼくは、ぼくの人生の筋を通すために、重大な旅に出ただけだ。——思ったよりも長引いているけれども、もちろんぼくはかれらを捨てるなんて考えたこともないし、ちゃんと妻子のもとに帰る。それに、ぼくにとっては王位継承権なんて何の意味もない。いったん放棄したそれにこのぼくが恋々とするだろうなどと思わないで下さい。ぼくにとってそんなものは——世界最大の国の王位だろうが、帝位だろうが、そんなもの、たったひとつの真実や勇気の前には何ひとつ問題ではないんだ」

「ああ、はいはい、そのようにうかがっていれば確かに美しいおことばにも聞こえますけれどもね」

にがりきってヴァレリウスは云った。しだいに、どうも、ヴァレリウスのほうは、イシュトヴァーンに対するよりもさらに、まったく違う意味でではあるが、マリウスに対してはいっそう、どうにもそりがあわない、ということが、明らかになってくるようであった。

「それは吟遊詩人としてはまことにもっともなお考えなのかもしれませんが、私どもは、歌を歌ってふらふらとさまよい歩いているわけには参らんのです。もしそうできるものならば、私だって殿下のようにいたしたいですよ。でも、そうできないから、野暮な責任などというものを引き受けて、こうして呻吟している。——そもそもは、そういう責任から、殿下が逃れて出奔されたからこそ、その後のもろもろの経過があって、そしていま、こうして戻っておいでになって、もう逃げないとお考えになったわけではないんですか。だとしたら、もうちょっとだけ現実を見ていただかないと——現実というものは、何の身もフタもございませんから、殿下のお心がいかに詩人の気高さでものごとを考えていようと、そのようには、運びませんですから。——わたくしとしては、いまここでケイロニアとのあいだにもめごとが起こったとしたらもう、本当に三千年の王国パロそのものが、壊滅に追い込まれる可能性だってあると思っておるんですけれどもね。私はそうなったってかまわないんですが、それをナリスさまがどのようにお考えになると思うと、なかなか、そのまま放置しておくこともできないですしね」

「あなたには、きっとわかってもらえないんだとは思っていたよ、ヴァレリウス魔道師」

マリウスは彼としてはずいぶんきつい口調でいった。

「ぼくが何のために戻ってきたか、なんていうことは。ぼくは自分の魂のために、魂の救済のためにやってきた。ぼくにとっては、ナリスに赦しをこい、おそすぎた和解を申し出て……そうして、そのあかしとして、少しでも、パロ王家の一員としての責任を果たすことができればという、ただそれだけの崇高な動機でしかないんだ。国際政治なんてぼくには関係ない。ケイロニアとパロなんて、どうしてそんなふうにわけて考えるんだ？　すべては歴史だよ、すべてはヤーンがしろしめし給うたことだよ。どちらもはるか昔には存在していなかったし、一億年のちにはケイロニアとパロどころか、この世界そのものがどこにも存在していない可能性のほうがずっと高いんだ。すべては、ヤーンのひとつ目の前で、ただの小さな虫たちの争いのようなものでしかないじゃないか。だけれどもぼくたちには、真実のために、おのれの人生の真実のために生きようとすることはできる。たとえそれほど小さなちりあくたのようなものでもだ。そうじゃないのかな。ナリスならきっとわかってくれると思うんだけれど」

「はあ、まあ、それは、あのかたも、あれだけ実際的な知能も持っておいでになりながら、どこかしらいつまでも詩人といいますか、子供といいますか、無邪気といいましょうか、どうにも現実に適応されないところがおありでございましたからね」

ヴァレリウスはつけつけと云った。

「その意味では確かにほんとにご兄弟なんだと思いますですよ！　しかし、それとこれとは別に、とにかく本当に、いまこの状態のときに——ナリスさまの弟であるアル・ディーンさまが、兄上の死をいたんで弔問においでになってくれるのは結構なことです。しかし、ここで、ケイロニアとパロの皇位・王位継承権をあわせもつ唯一の存在マリニア皇女の父君が、パロの王子であることを、中原全体に明らかにしてしまうのは——何をどれほど考えても、どの点から考えても、最悪の時期なんです。申し訳ありませんが——せめて、もうちょっとだけクリスタルがおさまって——グイン軍がレムス軍を打ち破るまでだけでも待っていてくだされば……なんとかならないでもないし、そうなればもしかしたら、それをいいほうに使うことだって、事態をよりよい方向にしてゆくことだって出来ると思うんですけれどもね。でもそのためには最高の知恵と政治的な手腕を必要としますよ！　とにかく、いま、アキレウス大帝はあなたにかんかんに怒っておられるんでしょう。それを、パロが——というか神聖パロが、放蕩息子の御帰還とばかり喜んで受け入れて、王位継承権を回復したりしたらですね。——せっかく、パロのために戦ってくれているグイン陛下をまで、窮地に立たせることになってしまうんですよ、あなたは！」

「そんなの、考えすぎだよ」

マリウスは——これもかなり興奮してきたので——叫び返した。

「そんなふうに、まだ起こりもしないうちからあれやこれやと悪いほうへ悪いほうへ考えることはないじゃないの！　アキレウス陛下がぼくにそんなに怒ってるって、誰かがはっきりとそういったのかい？　ぼくはちゃんと妻のゆるしを得て出てきたんだし、また戻るつもりだし、妻子を捨て去ったわけでもなんでもないんだ。いつだってぼくは彼女を愛しているし、マリニアを愛している。彼女たちの幸福だけをぼくは願っているし——だからこそ、あんなにいやだったけれど我慢して黒曜宮での暮らしをも引き受けたんだ。だけどそれがどんなに辛いことだったのか、ぼくにとってどんなに——自由自在に吟遊詩人として世界じゅうを歩き回っていたぼくにとってどれほど辛いむごいしうちか、タヴィアにだけはわかっていたから、だから、彼女はきっとわかってくれたんだ。彼女は止めなかったし——ゆかなければぼくが本当に後悔するだろうとわかっていたんだと思うよ。だから、ぼくはこうして——とても遅ればせになってはしまったけれど、ナリスに会うためにやってきたんだ。ナリスに会いに来たんだ！」

「ならばどうして、それを、ナリスさまが生きているあいだになさらなかったんですか？」

ひどく皮肉っぽくヴァレリウスは云った。

「もう、ナリスさまには、あなたのお声もきこえなければ、あなただってナリスさまにお会いになることはできないんですよ。ただナリスさまのご遺骸があるだけで。……ナリスさまがどれほど、いつも、心のなかではディーン、ディーンとあなたのことを気にしておられたか、そのことを思うと私は、断腸の思いがしますよ！　遅すぎたんですよ。いつだって、あなたは遅すぎるんですよ！」

3

当然のことではあったが、ひどく気まずい沈黙が落ちた。

マリウスは居心地悪そうにせきばらいしたが、ヴァレリウスのほうは、気にもとめていないようであった。実際、彼は、突然あらわれたあらたなこの王位継承権者、という頭の痛い問題ですっかり気を取られていて、マリウスの居心地悪さになど、かまってやっているゆとりもなかったのだ。

「ともかく――」

が、やがて、気を取り直して口を開いたのは、ヴァレリウスのほうであった。

「ナリスさまに会いにいらしたというのなら、さいごのお別れをなさったらよろしいでしょう。それは本当に、あなたはナリスさまの最愛の弟ぎみでいらしたんですから、わたくしはお止めはいたしません。――わたくしはずっとナリスさまのおそばについて、ナリスさまが、ディーンさまの失踪についてどのように失望しておられたか、それにどのように影響をうけ、ずっとディーンさまのことを気に病んでおられたか、よく存じ上げておりますから、それはもう、亡きかたにかわって申し上げたいことのひとつやふたつもございますけれどね。しかしそんなことは、いったんそこを離れられたとはいえ、貴いパロ王家のかたに向かってわたくしごとき身分いやしき魔道師が申し上げるようなことではございませんから、あえて何も申し上げますまい。ともかく、ナリスさまは、お心の奥ではいつもディーンさまが戻ってきて欲しいと願っておいでになりました。それは確かなことです。ですから、ナリスさまのためにだけ、わたくしは、よかったと申し上げますよ――ですから、どうぞ、ろうそくをたむけてさしあげて下さい。もう、まもなく柩が到着いたします。そうすれば、ナリスさまとはもう――少なくとも、ナリスさまのうつし身とは、この世ではお会いになることはできなくなるのですから」

「ナリス……」

その、ヴァレリウスのことばが、マリウスに与えた衝撃は、しかし、ヴァレリウスが予想していた以上に大きかった。

マリウスは思わずよろめいた。そして、非常な恐怖に襲われて手近な椅子の上にくずおれ、その椅子に、しっかりとしがみついた。まるで、そのまま足もとが崩れて、大地が裂けて彼を飲み込もうとしている、とでもいうかのようだった。

「ナリスの……ナリスの……柩……」

「ええ」

ヴァレリウスはそっけなく云った。その灰色の目が、なんともいいようのない異様な憤怒にさえ似たものをひそめて、宙を一瞬にらみすえた。

「ナリスを……ナリスを柩に入れて……そして……埋葬してしまうの——?」

マリウスはあえぐように云った。そして、それまでヴァレリウスに憤慨していたことさえ忘れはてて、みるみる蒼白になった。

「そんな……そんなことを……ナリスを——埋葬するなんて……そんなことが……」

「ナリスさまは、亡くなったのです」

ヴァレリウスは手厳しく、ほとんど残酷なほどの口調で云った。

「それはもう、主治医のモース博士が何回も確認された事実なのです。あのかたの苦しみは終わりました。もう、あのかたは戻っておいでにはなりません。たとえ残されたものがどのように思っても。あのかたは戻ってはこないんです」

「よく——よくそんなことが平気で言えるね!」

マリウスはうめくように云った。そして、激しく震えだした。

「あそこにナリスがいて……そんなのは嘘だ。そんなのは……そんなことはありえない……」

「どんな……どんな人間だって、どれほど愛され、どれほど素晴らしい資質に恵まれ、どれほど特別な人間だって、いつかは死ぬんです」

ヴァレリウスはいっそうつけつけと云った。彼は、しだいに激してくる感情をおさえかねて苦しんでいたが、なおもそれを必死にひきとめていた。

「どうして、それがおわかりにならないんです。……ナリスさまでさえ、死ぬんです。あのかたは……あのかたも、やっぱり……それをわかっていらっしゃらなかった。あなたたちは本当にご兄弟だ、よく似ていらっしゃる。そういうところだけね――ほかは、あまりにも、あのかたとあなたは似ても似つかないところが多すぎますけれど。無礼なことばかり申し上げて申し訳ありませんね。でも、こんな場合ですから……私も、普通でなくなっていることくらいは、許していただかなくてはならないでしょう。それに、とにかくあなたは……せっかく静かに運ばれようとしていたナリスさまのご葬儀に、またしてもあらたなもめごとをそれと意識もなさらずに持ち込んでこられたんですから。それだけでももう――それだけでももう、私の頭は一杯一杯をこえて破裂してしまいそうですよ。いま針の先でつついただけでも、私は破裂してしまいそうですよ」

「ナリスが……信じない。ぼくは……ぼくは信じない」

「ですから、お会いになればよろしいでしょう！」

ヴァレリウスは激しくいうなり、激情にかられて立ち上がって、レースのカーテンを激しくひきあけた。そして、はっと身をおののかせるマリウスに見せつけるように、天蓋の下の、花で埋め尽くされたベッドを指し示した。そのベッドの真ん中はこんもりと白い布団をかけられて盛り上がっていて、そしてその上のほうに、そこだけ花で埋められていない、白い布をかけられた小さな一部分がある。ヴァレリウスはいきなり手をのばしてその白い布を取り去ろうとした。マリウスは恐しい悲鳴をあげた。

「いやだ！　やめて、やめてくれ、お願いだ、やめて！」

「何故です」

ヴァレリウスは怒鳴った。そして、その叫びをきいて、あわててなにごとかと扉をあけて飛び込んでこようとした小姓と衛兵に激しく首をふって次の間に下がらせた。

「ナリスさまに、会うためにおいでになったのでしょう！　ですから、お目にかからせて差し上げると申し上げているんです。お会いなさい。これが、あなたの会うことのできるさいごのナリスさまなんですよ！　もう、この世で二度と——二度とこのかたに会うことはできないんですよ！」

言い放つなり、ヴァレリウスは、乱暴に布をぬきとった。

マリウスは悲鳴をあげて、両手で目をおおってうずくまり、それを見まいとした。ヴァレリウスは、異様な目でもうマリウスなど見向きもせずに、ベッドの上——布の下からあらわれた、枕にうずもれている、小さな白いひっそりとした顔を見つめた。

「やすらかに休まれているようだ」

荒々しく、人間にはもちこたえることができぬほどの激情をこめて、ヴァレリウスはつぶやいた。

「よく、おやすみになっておられる。大丈夫ですよ。もう誰にも邪魔などさせませんよ。あなたのおやすみになっているのを、誰にも——お邪魔などさせませんから。ごらんなさい、ディーンさま——このかたは亡くなっても、こんなに——こんなに……」

ふいに、ヴァレリウスはことばを切った。そして荒々しく突き上げる熱いかたまりを飲み下した。

「ナ……ナリス……」

マリウスは、がくがく震えながら、両手をそっとおろした。いきなり、その目から、煮えるような涙がふきこぼれてきて、かれの目はかすんでよく見えなくなった。むしろ、それをさいわいに——やっとそのおかげで目をあげられたかのように、かれは、ベッドの上を——花という花に埋め尽くされ、祭壇からのくゆる煙でけむっている、青ざめた目をとじた寝顔を見つめた。

「ナリス……本当じゃないんだろう？　これはみんな……本当じゃないんだろう？　これはみんな……やっぱり何かの謀略で……こんなことはありえない……ナリスが死ぬなんて……こんなに若くて——まだこんなに……」

「どんな人間でも、人であるかぎり、死をまぬかれることはない、と云っているじゃありませんか」

マリウスの嗚咽が、ヴァレリウスをさっとまた、氷のような怒りにみちた冷静さに引き戻したようだった。彼は、あえいで呼吸をととのえると、ゆっくりと云った。

「ナリスさまとディーンさまのお父上、アルシス王子殿下も、リンダさまたちのご両親も——みんな亡くなりました。天寿を全うしたとはとてもいえないお若い年齢だった、誰もが——だがそのご兄弟、アルシス王子とアル・リース王子の内乱のために、パロの国民もたくさんいのちを落としたのです。……それだけではない。世界中のあらゆる土地で、いまこの瞬間にも……南のランダーギアでも、北のケイロニアでも、もっと北の氷雪の地でも……誰も知らぬ太古王国ハイナムでも、遠い東のキタイでも……クリスタルの下町でも、クムでもユラニアでもゴーラでも……ありとあらゆる場所で、いまこの瞬間に息をひきとってゆく人間は何人でもいるんです。殺されて、苦しみながら、無念を残して死んでゆくもの。若くして病をえていのちをおとすもの。天寿を全うして幸せにも、家族にかこまれて死ぬもの。崖から落ちて……高いところから事故でおちて、毒をのまされて、獣にやられて……ありとあらゆる死に方で、ありとあらゆる老若男女が——いまだかつてこの世にあらわれた人間で死をまぬかれたものはひとりとしていないのです。大導師アグリッパや、高名な魔道師たちがいかに何千年、何百年の寿命を得たと誇っていたところで、やはりかれらも人間である以上はいずれ必ず死ぬのです。ただ早いか、遅いかの違いがあるだけで——そして、アグリッパなどはもう、おそらくは、そのおそるべき寿命とひきかえに、人間であることをすべて放棄してしまったのです。……あなただって吟遊詩人を名乗られるくらいなら、そのくらいのことはおわかりのはずだ。ナリスさまだけが死をまぬかれるなんて理由はありはしない。どんなに――どんなにそのひとを愛し、身代わりになりたいと願うものがいても……その苦しみをかわってあげたいと思うものがいても、このさだめだけは、どうすることもできない。なぜ騒ぐんです。なぜ、泣くんです。なぜこのかたを、やすらかに寝かせてさしあげてあげないんです。――ようやく、このかたは、ここにたどりついたんですよ。どれほどこのかたが、恐しい苦難と苦しみと、絶望と悪戦苦闘と――恐怖と苦悶と、長い長い地獄のような苦しみのはてにここにたどりついたのか、あなたには少しもわからないんですか。あなたは本当なら……弟御として、ただひとりの、あのかたが愛し、この上もなく頼っていた弟として、その苦しみを助け、わかちあい――私なんかよりもよほど、本当ならこのかたのそばにいて、守ってさしあげて、苦しみをやわらげてあげて――かたときもはなれず、この選ばれた特別な人の一生をおのれの分身のように見届けてあげることのできた立場だったんですよ。私がどれほどあなたをうらやんでいたか――いや、そんなことは、私のような身分のもののいうべきことばじゃあない、いまのはお忘れ下さい。ですが、私は――私は忘れられないんです。何回か、あのかたは……夜中に、あのかたのお部屋に、密談があって訪れて、あのかたの眠りをさましたとき、あのかたは夢うつつに、『ディーン？』とお呼びになりました。そのたびに、私は——ああ、ナリスさまは、まだずっとディーンさまを待っておられるのだ——あのとき、自分を裏切り、捨てて出ていってしまった弟、ただひとりの血をわけた弟を、いまだに、本当は恋うておられるのだと……」

「そんなこと……」

マリウスはまた、がくがくと震え出しながら、うめくように云った。

「そんなこと……嘘だ。ナリスが、ぼくなんかを……そんなふうに思っていたなんて、そんなことありえない。ナリスはずっと——ぼくのことを、身分いやしい母から生まれた、同じ父から生まれたといってもまったく格の違ういやしい存在と考えていたはずだ。そして、いつも……ぼくにそういった……お前は私を失望させないだろうね、ディーン——やはりいやしい母の血をひく子は、聖王家のつとめをはたすことのできる魂を持っていないのだ、とそう僕を失望させることはないだろうね……と——そして、いつも——ぼくに、ぼくにはとうていできないような役割を期待していた。ぼくには……自分がとうていナリスの期待にこたえることなどできないような出来損ないなのだ、と認めるか——さもなければ、ナリスのかたわらで、ナリスの人形になって窒息してしまうか、そのどちらかしか、生きのびるための方法なんかなかったんだ！」

「後悔しておられましたよ」

ヴァレリウスは、静かにいった。ようやく、かれの気持は少し落ち着いてきたようだった。

「ずっと、いつも、私に云っておられましたよ。私はいけないことをした、ディーンに、自分ではしたくもなく、できもしないような役割をおしつけようとした。あれが逃亡していったのは、自分を見捨てていったのは当たり前だ――と。とても後悔して、いつも懺悔しておられましたよ。そういっておられるときのあのかたは、本当に悲しそうで――ことにおからだが不自由になられてからは……おりにふれてあなたのことを思い出し、どうしているのだろうとおっしゃることも多くなられて……」

「ぼく――ぼくのことを、ナリスが？」

さらに驚きながらマリウスはいった。

「そんなこと……ありえない。だって、ぼくは……ぼくは出奔してからさえナリスを失望させていたんだ。あのひとはぼくに……見張りをつけた。パロ宮廷も聖王家もすべてを捨ててただひとりの吟遊詩人になろうとクリスタルを出たぼくに、ナリスはずっと魔道師の見張りをつけ……そして、それを通じてなおもぼくをあやつろうとした。そうして……そのおかげで、ぼくは……あの幼いミアイルを……ミアイルを死なせてしまったんだ。このぼくの手をかけたわけではないまでも、ぼくが殺したようなものだ！　そして、そのとき、ぼくは、魔道師に云ったんだ。もう、二度とぼくはナリスのもとには戻らない、と……」

「だがこうして戻ってきておられる。それも、もう遅すぎたいまになって」

ヴァレリウスはまた静かにいった。

「二度と……などということばは、生きているかぎり、ありえないものですよ……希望は生きていることとともにある。そうして、生きてさえいればいろいろなことが必ずいいほうに変わることだってある。ですが、死は——死こそ、もう二度と……本当に二度とない出来事なのだと思いますよ。……さきほどは、わたくしもいささかたかぶってしまって失礼いたしました。貴い聖王家の王子殿下に、臣下にあるまじきことばをたくさん申し上げてしまって、お許し下さい。……ただ、とにかく本当に、わたくしはナリスさまが、どのようにディーンさまを待っておられたか、そうしてディーンさまならばどんなにナリスさまをお助けしてさしあげられたか、それを思うと……ついつい……」

「ぼくは、たとえそばにいたって、何もできやしなかった」

うめくようにマリウスはいい、そして、ようやく、おずおずと、ひどくおずおずとした目をベッドの上にむけた。

「眠っているようだ……」

恐ろしそうにマリウスはいった。

「そうとしか思えない。……なんだか、ずいぶん……兄さまは……痩せてしまわれたんだね？　でもそれも……当然なのかな。あんなにずっと、とても大変な運命にばかり会ってきていたのだから……」

「これでも、亡くなる直前には、前よりは少し、お元気が出ておられたと私どもには見えていたのですよ」

つぶやくようにヴァレリウスはいった。

「ずっと念願しておられた、グイン王と会える、ということがずいぶんとお元気づけたようで、一生懸命食べようとも努力しておられたし——あのかたにとっては、さいごのころのあのかたにとってはもう、何かを食べる、ということさえも、健康な私たちには想像もつかぬほどの苦しみや気持の悪さ、困難をともなっていたのですから、それは大変な努力だったのですよ。……でも、イシュトヴァーンにとらわれて、ゴーラ軍とともに引き回されて馬車のなかで暮らさなくてはならない、健康な人間でもつらいような人質としての苦しい日々のなかで、恐しい苦痛を味わいながら、それでもナリスさまは、なんとかして、ちょっとでも食べて、力をつけて、生きようとされていたのですよ。……たぶん、この次に何か激動がくれば、もう御自分のおからだはそれには耐えられないだろうということは、はっきりと予感されていたのでしょうけれども。——もうずいぶん前に、きちんと遺書をいろいろな人あてにお書きになっておられました——私はもうそんなに長くは生きないよ、ヴァレリウス——そうおっしゃるたびごとに、私はひどくお怒りしたものですけれど……あまりにもおそろしくて……あのかたがいなくなったこの世など、考えることもできなくて……でも、あのかたは、私の怒りなど気にもとめず、ちゃんと御自分でいろいろなことを……けりをつけておいでになりました。……そして、さいごまで……勇敢で、誇り高く、どれほど苦しいときでも、その苦しみを押し隠して気高く微笑んでいられた。本当に誇り高いおかたでした。――この世で一番美しいだけでなく、私にとっては――と申し上げておきますが――この世で一番、高貴な魂をもった、一番勇敢な――そして一番あどけないかただった。……本当ですよ。どうして、弟御でありながら、わかって差し上げられなかったのでしょうね。――きっと、お別れになったお年頃にはあまりにもお互いに子供すぎたのでしょうが――あなたの兄上ほど、本当は幼くて、不安で、愛に飢えた、寂しがりやの魂をもったかたは、ほかにおいでにならなかったのに。――あなたが出奔したことで、あの冷たいひとでなしの母上だけが肉親として残ったこと――自分ほど孤独なものはいない、といつも私にいっておいでだった――たとえリンダさまがいても、肉親の縁うすく、実の母とはこれほど冷たいかかわりをしか持てなかった、そして弟は、自分のあやまった扱い方のために自分を捨てていってしまった――いつもそういって、くやんでおいででした。――私には、ただ……あのかたのそばにいてさしあげることしかできなかった。私では、決して……そのあのかたの欠落感を埋めることはできなかった……あのかたがあんなにイシュトヴァーンにこだわっていたのも、私はうすうすわかっていました……あのかたは、前に……イシュトヴァーンを見ていると、ディーンを思い出すよ、ふしぎだね、見かけも、何もかも違うのにね、といっておられたことがありましたから……」

「やめて……」

うめくようにマリウスはいった。彼は椅子からくずれおちるようにして床の上に丸くなり、ぼたぼたと大粒の涙を流しながらせぐりあげていた。

「もう、やめて……もう、いいよ……もう何もいわないで……」

「ナリスさまに会ってさしあげて下さい」

ヴァレリウスは、残酷なのか、優しいのか、おのれでさえよくはわからなくなったような声でつぶやいた。

「さいごに、ようやく——遅すぎたけれど、こうして戻ってきたよ、といってさしあげて——お手をとってさしあげて下さい。……どこかで、黄泉に届くかもしれない——あんなにずっと待っておられたのだから……あんなに、長い苦しみのなかでも、あなたを心にかけておられたのですから……」

「ナリス……」

「さあ」

ヴァレリウスのいくぶん強い声に、鞭打たれるように、マリウスはよろめきながら立ち上がった。

そして、椅子の腕につかまって身をおこし、よろばいつつ、祭壇に近寄ろうとしたが、またしても激烈な恐怖にとらわれたように足をとめてしまった。

「いやだ」

彼はうめくようにつぶやいた。

「見たら……見てしまったら、信じなくてはならなくなってしまう。――見てしまったら……本当なんだと思わなくてはならなくなる。……いやだ。信じたくない。……見たくない、見たくないんだ」

「もう、逃げないとお決めになったのでしょう」

ヴァレリウスはいくぶん厳しくいった。

「さあ、お早く。――リンダさまも、戻ってくるのをお待ちになっておられるし……柩のこともあるのですから。さあ、お別れをなさるなら、いまのうちですよ」

「ナ――リス――」

マリウスはまたしても、どうしようもないほどがくがくと震え出した。

だがそれは怯懦やためらいからではなかった。彼は、嗚咽しながら、ヴァレリウスに助け起こされるようにして祭壇のまえに進んだ。そして、ほとんどヴァレリウスに手をとられて操られるようにして、ろうそくをとりあげ、火をうつし、祭壇のろうそく立てにそなえた。それから、香炉の横の入れ物から香をとり、それを香炉におとして、その上に没薬の粉をおとした。手がふるえて、おのれが何をしているのかさえ、よくわからないように見えた。

「いやだ」

かれは、えぐるように慟哭しながら云った。

「いやだ。……ナリスを柩にいれて……埋葬してしまうなんていやだ。そんなおそろしいこと……連れていって――そうだ、イェライシャのところに連れていって……まだ間に合うかもしれない。きっとまだ間に合うかもしれない……たしか、魂返しの術というのがあったはずなんだ、そうだ、イェライシャなら……」

「およしなさい。ばかなことをいうのは」

ヴァレリウスは手厳しく決めつけた。

「魂返しの術は恐しい黒魔道です。あれで呼び返された死者は永久に、ドールの黄泉でやすらうこともできずに、幽鬼となってこの世をさまようのですよ。……このかたに、あれほどの苦しみのはてに、ようやくこの安息にたどりついたかたに、まだそんな恐しい運命を味あわせようとでもいうのですか。だとしたら私がただではおきませんよ。――このかたは、世界で一番苦しんだかただったのですよ……このかたの人生は、最初からさいごまで、苦闘の連続だった。だけど、このかたはいつも本当に勇敢だった。私は臆病者だから……そういいながら、気高くいつも先頭にたって、なにものをも恐れず、拷問の苦しみのなかへも、謀反の無謀のなかへも飛び込んでゆき、そして永久にからだの自由を失う苦しみにも、雄々しく耐えて、一回だって周囲の人間にいやな顔や心ないことばをぶつけられることさえなかった。いつも、勇士として生きていられた……もう、充分です。もう、この上どうしようというんです。やすらかに、眠らせてあげなさい。もう充分ですよ。もうあまりに充分すぎるほど、このかたは苦しんだんですよ！」

4

「ああ……」

マリウスは、嗚咽をこらえながらつぶやくように云った。

「その苦しみの少なくとも一部分は、このぼくがもたらしてしまったものだったんだね。――いまならばわかる……そうだ。ぼくは……あまりにも、ひけめを感じていて……あまりにも、美しくてなんでもできて貴い生まれで聡明で、武術にもたけていて――人望をあつめ、宮廷じゅうのあこがれの的だった兄にくらべて、このぼくなどあまりにも身分卑しく、何もできず、あまりにとるにたらないと思っていたから……夢にも思っていなかったよ。ナリスが、ぼくなどをまさか、ちょっとでも本当に思っていてくれようとは――ぼくの存在などを、こんなちっぽけなとるにたらない腹違いの庶子の弟の存在など、ナリスを苛立たせているだけで――能力もなければ気質も劣っている、ナリスはいつもぼくに苛々してばかりいるようにみえた。ぼくがどんなにナリスに憧れていたか――あまりにもまぶしくて、いつも、あまりにも美しくて……でも、それにくらべてあまりにちっぽけなこのぼくなんかに、まさかナリスがほんのちょっとでも、本当に心をかけていてくれるなんて、思ったこともなかった……待っていてくれるなんて、ましてや思ったことも、夢想したことさえなかったよ。ぼくの夜ごとの夢のなかでは、ナリスはいつも手厳しく、この出来の悪い逃亡者の不届き者の卑怯者め、私の弟の名に値しないくずめ、と激しくきめつけ、ぼくを世にも不幸な気持にさせて目覚めさせていたんだ。……だから、ぼくは……ナリスのもとに戻ってくるのは、ちっともいやじゃなかったよ、むしろ、かんたんなことだった。何回も、会いたくて会いたくて――遠くからでもいいからひと目だけでも見たくてたまらなくさえなった。だけれど、そのたびに、いや、ナリスはどんなに怒るだろう、どんなに迷惑がるだろう――さっきのヴァレリウス、あなたのように、なんでいまさらお前ごときが私の前にあらわれた、いっそうそれによって事態を紛糾させるだけではないかといって、激しく罵って――ぼくを追い出すだけだろうと、そのおそれが――ずっとずっとぼくを臆病にさせていたんだ。……本当だよ、ぼくは、どれほどナリスに会って、出ていったことをわびたいと思っていたか――そして、心配しないでほしい、ぼくはもう、愛する妻も子も得て、吟遊詩人として楽しく暮らしてとても幸せだと、そうひとこと告げたいとどんなに思っていたか――どうせ、知っているだろうとは、ぼくがどうしているかは知っているだろうとは思っていたけれど……ぼくもその後、黒魔道師のためにキタイに拉致されたりして、いろいろとたいへんだっ

「そうですね……たぶんやはり、ご兄弟だけあって……そういうところだけは、似ておられるのでしょうね……むしろ不幸なことにも」

　悲しげにヴァレリウスはつぶやいた。

「ナリスさまも、ディーンさまに憎まれている、うとまれている、だから出てゆかれたのだと思って、ずっとディーンさまにはたらきかけるのをためらっておられたし——むしろ諦めておられたし——お互いに、愛し合っているきずなは少しも切れていないのに、相手がおのれをいらないと思っているだろう、とそう考えて、まったくたがいに手をさしのべようともなさらないままだったのですね。——片方がもうちょっと違った性格であられさえしたら、こうなってからさいごのご対面にならずともすんだでしょうに。もっとずっと早くに、会って、和解して——そうすれば、もっとずっとお互いにお幸せ——少なくとも、血肉のきずなをわかちあう兄が、弟がそばにいる、という支えだけは感じあうことができたでしょうに。——私は天涯孤独の身です。父も母も兄弟姉妹もありません。ですから、ナリスさまがディーンさまのことをおっしゃるたびに、何か胸のいたむような気持がしていたものですが……」

「でも……それほど、苦しまなかったように見える……少なくとも、死んだときには……」

ようやく、いくぶん涙の晴れてきた目で、マリウスはつぶやいた。そして、ようやくかなり勇気が出てきて、そっと手をのばして、眠れる青白い顔にふれようとしたが、そこまではまだ思い切りがつかず、あわててひっこめてしまった。

「なんだか、そのままふっと目をあいて、『ディーン』となにごともなかったように呼びそうだ」

かれは低くいった。

「ちっとも……ぼくが国を出たときと変わってないみたいな気もするし……でもなんだか、ひどく変わってしまったような気もするし――本当に、ぼくがもうちょっとだけ、ほんのちょっとだけ勇気があったら……」

「そして、オクタヴィア皇女とお子さまを連れて、ケイロニアではなく、ナリスさまをお頼りになっていて下さったら――ずいぶんとものごとは簡単になっていたでしょうけれどね」

ヴァレリウスはつぶやくようにいった。

「くりごとです。これはもう本当に、ただのくりごとですが……なんといっても、オクタヴィア皇女は、やはり庶子であられたとうかがっています。ことにいろいろと不幸ないきさつがあって、ケイロニア皇帝家のほうでは長いことそのご存在を知らぬままでいたと。――そうでないまでも、女性ですから、いったんその父君の家とは縁を切ったということになっていれば、吟遊詩人マリウスの奥方としてであれ、パロの王子アル・ディーンさまの妃殿下としてであれ、ケイロニアとかかわりないことにするのはそれほど困難ではなかったでしょう。――それならば、神聖パロでも、ナリスさままでも、リンダさままでも、それは喜んでお迎えしたと思いますよ、アル・ディーンさまのご一家を。……皆様、やはり骨肉の縁が、パロ王家の宿命のようにうすいおかたですから。……でも、先にケイロニアにゆかれてしまえば……そしてアキレウス大帝がご息女として認めてしまわれ、孫娘として正式に皇女とされたからには……もういまから、そのきずなはくつがえすことはできません。――これから、私も、ディーンさまのためにどうするのが一番よいのか、神聖パロ――はもうありませんけれど、このののちのパロや、リンダさまのためにどうするのが一番よいのか考えてみることにいたしますけれども、ひとつだけお願いしたいのですが……兄上のみ魂にかけて、決して、いまだけはもうかるはずみな行動をとらないでお待ちいただけませんか。われわれの結論が出るまで――どこかに出奔されたり、あるいはケイロニアに連絡をとってこの状態を報告なさったり、また、誰かに、御自分のことをお話になったり――たとえリンダさまにもです。それだけはもうちょっとだけ、結論が出るまでで結構ですから、お待ちいただけるよう、お願いできませんか」

「それはもう……」

マリウスはよろめくように椅子に戻って、そこにくずおれた。

「そのかわり、お願いです。あの——あの布をどうかかけてくれませんか。こうしてるのは、なんだかすごく——すごく辛いんです。なんといわれても、臆病者といわれても、卑怯者といわれてもいい。——なんだか、こうして、そこに寝ていて目をひらかないナリスを見ているのが……だんだん少しづつ息がつまって叫び出しそうだ。だんだん、気が狂っていってしまいそうだ。……怖いんだ。ナリスがじゃない……怖いんです、自分が何をしでかしてしまうか。こんなに苦しい、悲しい思いをしたことはこれまでの一生で、母が死んだときだけでした。……父が落馬して首の骨を折って亡くなり、それを悲観して、母が食物もとらなくなってそれからほどなく衰弱して死んでしまったとき、ぼくはこの世がすべて終わってしまったと思った。ぼくも一緒にこのまま連れてゆかれてしまうのだと思った——哀しいというより、恐ろしくて。……そのときぼくはまだ八歳かそこらの子供でした。そのぼくを……しっかりと抱きしめてくれたのが、兄だったんです。ぼくは兄に会うのをとてもおそれていた。父を奪ったいやしい侍女の息子、お前など弟と思うものか、そういうむごいことばを投げつけられ、もしかしたら殺されてしまいはせぬか、そんな恐怖にふるえていたぼくを、兄は——あの当時から、本当に美しい少年だった。こんなきれいなひとは見たこともないと息をのんでいるぼくを、やさしく抱きしめて、『可愛想に、ディーン』と……いってくれたんです。兄は……母を亡くしたぼくを抱きしめて……あのときから、ずっとぼくは……兄に――兄に夢中でした。……憧れている、といっただけではすまないほどに、崇拝しきっていた……あまりに崇拝していたから、ナリスを失望させるのがイヤだった……それだけだったんだ……ぼくがナリスに失望するのもいやだった……だから、だからぼくは逃げたんです……」

「もう、お逃げになってはいけませんよ」

ヴァレリウスは――彼として、マリウスに対して出来るかぎり――優しく云った。

「もう、決してお逃げになりますな。それは何ひとつ、よい結果を生みだしはしません。むしろ、何もかも悪いほうへ壊してしまうんです。……それはもうよくおわかりでしょう。――それに何も……私はもう何もこの世におそれることも、悩むこともない。何も悲しみも、つらいこともない――もう、私の心はあのかたが持っていってしまわれたから、もう――何ひとつつらいと感じることもない。心がなくて生きているというのもなかなか楽なものだということがわかってきましたよ……このさき、もっと時間がたてばどうなるかわかりませんけれどもね。でもとにかく、その、何も悩むこともなくなった私が、なんとかして、一番いいように考えますから――何もかもがうまくおさまるように考えてみますから、どうか、それまでは……もう、どこへも、何へもお逃げにならず、待っていらして下さい。待つのも、おおいなる勇気なんですから……ナリスさまが、ずっとそうしていらしたように――待て、そして希望せよ、と……いつも云っておられました。何があっても希望は失わない、たとえ死の床にあっても……そう、おっしゃっておられました」

「マリウスが、弔問にやってきたそうだな」

グインは、とくに、その情報を知っていた。

「はい」

ヴァレリウスは、あわただしい出発準備で兵士たち、武将たち、将官たちがどたばたとひっきりなしにゆきかっているケイロニア陣営のなかの、王の天幕に、近習がいったんしまいこんだのをまた出してきてくれた床几に腰かけていた。グインはすでに出発の用意はほぼととのえ、マントをかけ、軍刀をかたわらによこたえて、落ち着き払ってその向かいに座っていた。

「魔道師から、ご報告を申し上げたとおりで……どうしたものでしょうか？　これはもう、下手に私の一存でどうこうして、万一にもケイロニアとのあいだに信頼関係にひびが入るようなことがあっては、私のほうは死んでも死にきれなくなりますから、どうあっても、おいでのうちにご相談と……ケイロニアのご意向をうかがって、と思いまして……」

「当然、ケイロニア政府は、マリウスの動向については、ある程度——魔道師イェライシャに庇護されて、行方がわからなくなってしまうまではだな——把握するようつとめていたし——万一にも彼がまたしても、敵方に人質にとられて、それをたてになんらかの交渉をされるようなことになってはとても迷惑な事態だからな——そもそもササイドン伯爵は、『ナリスに会いたい』ということばを残して黒曜宮を出奔したのだ。——これは、かの、アレスの丘における佯死事件で、ナリスどのの逝去の報が世界に伝わったときの話だったが、まあ、じっさいにはそれがしばらく遅れたというだけでそれは本当のことになったわけだから、その意味では、マリウスがここにあらわれるのはまことにもって当然の結果といえるだろう」

「しかし、ケイロニア皇帝家とされましては、ディーン殿下——いや、その、ササイドン伯爵の去就については、といいますか、処遇については……」

「おかしなめぐりあわせだ。あれは結局、俺にとっては義兄ということになるのだな。ということは、考えてみれば、俺は、ナリスどのの縁戚にもあたっているわけだ、いまとなっては。そのことに、これまで心づかなんだよ」

グインは云った。

「マリウスはナリスどのの異母弟。そして俺の妻とマリウスの妻は異母姉妹だ。そう考えると、俺にとっても、ナリスどのは赤の他人ではなかったのだな」

「は……」

「それ以前にも、俺はふしぎなヤーンの因縁で、ずいぶんと昔からマリウス——吟遊詩人のマリウスと知り合って、ずっと友人として遇してきた。それがまさかおのれの義弟になるとは思わなかったが——それもまったく相知るところもないままにだな。それもまたヤーンの因縁というものだと思ったので、俺はキタイからシルヴィアを救出するとき、マリウスをも救出できたことをヤーンの命令だと思ったものだった。——確かに、マリウスはいろいろとしかたのないところもあるし、ケイロニア皇帝家にとっては、なかなかありがたくない婿であったのも確かなことだが、しかし、ともかくも彼はわが敬愛する義父に最愛の孫娘をもたらしてくれた、娘婿であるし、それは、確かに娘と孫をおいて出奔するというこのたびの始末については、陛下はたいそうご立腹であられるが、その動機——ナリスどのの逝去の報をきき、その真偽をたしかめ、せめてろうそくの一本もたむけに、というのは、これは兄弟の情としてはまた当然のこと、無理からぬことと云わねばならぬ。それまでは、わが義父は否定されるほどに心のせまいおかたではないさ。だが——」

「……………」

「それと政治問題、外交問題とはむろんまたおのずと別の問題だ。——まあ、俺がいるうちにこの問題がおこってくれて、よかったといわねばならぬだろうな」

「は……と、申されますと？」

「とりあえず、いまのところ、まあそれぞれの独自の諜報機関をおいているであろう中原列強にとっては、そんなのは火を見るよりもあきらかなごまかしではあろうとも、わがケイロニア皇帝家の第二皇女オクタヴィア姫の夫は、吟遊詩人マリウス、あらためサイドン伯爵マリウス卿であって、あくまで、パロの王子アル・ディーンなどという者は、ケイロニア皇帝家は知らぬ。そして、出奔されたアル・ディーン王子が、兄君の死去にさいして、その過去を悔い、兄上にわび、兄にかわってつとめをはたすために戻ってくるというのは、これはパロ王家としては何の不思議もない、むしろ当然の話ではないか?」

「そ……それはそうですが、しかし……」

「それに、いまのところ、神聖パロの瓦壊ののち、リンダの周辺にはことに、おぬし以外まともに働いてくれる者も、話をとりまとめてくれるものもおらぬ、というのが、おぬしらの最大の悩みの種であったと思ったが、そうではないのかな」

「それは……」

「ならば、考えることはない。このまま、アル・ディーン王子が戻ったということは、各国にことごとしく発表することでもないが、べつだん何も忌避すべきような秘密でもない。出奔していた弟王子が帰還され、当面兄上の代行として神聖パロの後始末のとりまとめをし、リンダ妃の面倒をみられるようだ、ということで、いや、じっさいにあの詩人どのにそんなことが出来るとは思わぬが、そこはそれ、おぬしもいることだ。アル・ディーンどのはリンダにつけて、サラミスでゆっくりさせてやるがいい。そのうちに、そこに飽きて出ていってしまうかもしれぬし、あるいは案外にこんどは落ち着いているかもしれんが、いずれにもせよ、サラミスならいくさもないし、また、ナリスどののご葬儀や墓どころのことなど、リンダとしても、相談相手がいたほうが気丈夫だろう。……ケイロニアについては心配いらぬ。この俺が事情を承知していたとあれば、アキレウス陛下にはどのようにでも申し開きもできるし、むろん、対パロ外交については、おのずと陛下と俺で異なる考えもあろうが、俺は基本的には、陛下のご意向に従って行動している。——このいくさが終わってから、ゆっくりとサイロンでどうするか考えるさ。さいわいなことに、といっては何だが、アキレウス陛下にとっては——まあ、これはこういってしまってはまことに身もフタもないが、それは確かにササイドン伯爵が大切な妻子を置き去りにして出ていってしまったことにはたいそうおかんむりであったが、いっぽうでは——それは、陛下にとっては、生まれてはじめてといっていいくらい、『ご家族』というものと身近に暮らせるよい機会を提供してくれたようでな。——いま陛下はサイロン郊外の光ヶ丘にあらたに建てられた小宮殿、星稜宮で、オクタヴィア姫とマリニア姫ともども、きわめて仲むつまじく暮らしておられる。もう、めったにサイロンにも、黒曜宮にもお戻りにはならんくらいで、いわば生まれてはじめて、愛する娘とさらに最愛の、溺愛する孫娘と三人で、親子孫水入らずの楽しい幸せな毎日を送っておられるのだよ。——またオクタヴィアというのが、これがなかなか家庭的な女性でな、見かけによらず——よく料理も作り、よく父君にお仕えする上、もともと気性があっておられたのだな。まあ、いっては何だが、俺の妻であるシルヴィアとは、かならずしも、陛下のほうは、そういうふうにはうまがあわないごようすだからな。——それゆえ、陛下にとっては、これは、むしろ、本来ならばこの家庭の守護者であるはずのマリウスが出奔してくれたことではじめてころがりこんできた、生まれてはじめての『家庭の幸せ』というものなのだよ。——本来マリウスが星稜宮にいたら、それはむろん、陛下もそれなりにとなりの棟でしずかに暮らして平和を楽しんではおられただろうが、やはりそちらが本来の一家なのだから、おのれを邪魔者のようにも感じてしまわれねばならぬときもあっただろう。だが、マリウスが出ていったおかげで、いっときかなり老い込んでおられた陛下は、『まだまだ、わしがしっかりせねばならぬ、わしがオクタヴィアとマリニアを守ってやらねばならぬ』ということで、いうなれば、たいへんに生き甲斐を見出しておられるのだ。——いや、俺は必ずしも、マリウスの出奔で悪いことばかりおこったとは思わんな。それは、陛下にも、おわかりのはずだよ。——といって、むろん、マリウスに、お前はいては邪魔ゆえ出てゆけ、などといえたものではなかろうからな」

グインは呵々大笑した——もっとも、これが重大な喪の地のすぐ近くであることはちゃんとわかっていたので、いつもほどの豪快な笑いではなかったが。

ヴァレリウスは思わず、吐息をついた。

「なんだか……グイン陛下にかかると、なにもかもが急にあっけなく、簡単に解決してしまうような感じで……毎回のことながら、めんくらってしまいますよ……やはり、もののみかたというものが——全然、我々とは違って大所高所のたかみからごらんになっておられる、ということなのでしょうが。——陛下がおられると、何ひとつたいへんなことはない、世にすべて、うまくゆかぬことがらなどない、という気持にさせられますなあ」

「そうにちがいないさ。すべてこの世におこることにいいも悪いもない。すべてはそれを受け取る側の気のもちようにすぎん」

「と、誰もが思うことができれば、もっとずっと、この世は暮らしよいところになるのでございましょうが……」

「俺は、ともかくクリスタルを回復し、リンダにそれをひきわたして、クリスタルの治安が回復されるのを見届けるまではこちらに滞在するつもりだ」

グインはいった。

「だがそれはそう簡単ではなかろうし、俺としてはレムスがキタイのくびきから解放されて、すっかり自由になり、姉と和解して二人でパロ聖王国の統治にあたってくれるようになれることを最終的には期待しているが、これについてはパロ国民や、またいっときはこれほど激烈な内乱となったのだ、双方の残党の感情もあろう。——それがうまくゆかぬ場合にはやはりレムスの処遇が大問題になる。……俺はレムスを討ちたくはないし、そうはせぬよう、わが軍にも命じるつもりだが、ゴーラ軍まではその命令を行き届かせることはできん。——まあ、ゴーラ軍についても、いろいろと考えてはおるのだがな。しかし、ともあれ、レムスが残党をひきいてクリスタルを離脱し、キタイに頼るようならそれはそれだが、もしもこんどはリンダがクリスタルに拠り、レムスがどこか地方によりどころをかまえておのれの王権を主張するとなると、さらにこんどは逆転したかたちでパロ内乱は続く、ということになる。——いずれにせよ、この内乱が続いているあいだには、ケイロニア宮廷はいっさい、ケイロニア皇帝家がパロ王家と縁戚関係にある、ということを公的に認めるつもりはない。マリニア皇女については、この後星稜宮の護衛をふやし、場合によっては残念ながらアキレウスご一家にまた黒曜宮にお戻りいただいてでも、安全を守れるようはかるが、しかしその父上については、あくまでもケイロニアが認めるのは、もと吟遊詩人、ササイドン伯爵マリウス卿、という名前だけだ。だから、ケイロニアのその皇女の婿であるマリウス卿と、リンダのもとにあらわれた、出奔したパロの王子アル・ディーンとは、俺からみればまったくの別人だ。——まあ、当分は、それでいいのではないかな。ケイロニアも、パロも、そうであるほうが都合がいいのだからな。どちらも、別人であるということで合意していて、同一人物であると認めなければ、べつだん、マリウス卿はたまたま気まぐれに旅にでていて帰国の日時不明、そしてアル・ディーン王子はサラミスでパロ再建のためにリンダ王女に尽力している、という、まったくこれは別の人間たちの行動になるわけだ。それでよいのさ。それに文句をつけてくるものがあったとしたところで、同一人物である証拠を出してきて、あかしだてるまでにはかなり時間がかかろうし——パロが平定され、中原も落ち着いてしまえば、それなりにケイロニアもまた、パロと縁戚関係にあるのは悪くない、と考えることにもなろうしな。ともかく、あまり焦るな、ヴァレリウス。お前は、ちょっと無理をしすぎている。このままゆくと、そのうちにお前が倒れるか——あるいは、はりつめた糸が切れて、何かしでかすことになるぞ。……悲しむときには、悲しまねばならぬときもある。お前の悲しみがどれほど深く、魂の底の底まで食い込んでいるものかは、この俺がよくわかっている。たまには、ひとりきりのときでもよいから、それを解放してやれ——でないと、もたんぞ。お前は、いっそ、もたなくなって、早くナリスどのに追いつけたらよいと思っているのだろうが、じっさいには、そんなことになれば、黄泉路でおぬしはナリスどのへの申し訳なさとパロへの愛国心からの自責で、煩悶することになろうさ。——もう、ナリスどのはどこへもゆかぬ。心落ち着けて、やることをすべてすましてから、好きなようにあとを追えるよう、ときどきは、その悲しみをときはなって楽にしてやれ。完璧に演じようとすることはない。――そうすると、かえって、辛さが増すばかりだぞ。ヴァレリウス」

「――有難うございます」

ヴァレリウスは低く答えた。

「でも、御心配には及びませんですよ。……さきほどディーンさまにも申し上げたのですが、本当に――私は悲しくないのです。いまにじわじわと、あのかたがもうどこにもいない、ということが、重たく攻め寄せてくるかもしれませんが、少なくともいまは……悲しくも、くやしくもないのです。なんだか、もう何もかも終わったような心やすらかささえあって……あのかたがようやく楽になられた、と思うからでしょうか。あのかたが、グイン陛下にお目にかかれて、子供のように喜んで逝かれたからでしょうか。あのかたを、お約束どおりこの腕のなかでみとってさしあげることができたからでしょうか。本当ですよ。――本当に、私はそんなに辛くはないんです」

「……………」

グインは同情的にうなづいた。そして、何も云わなかった。

ケイロニア軍の出発の時はいよいよ迫っているようであった。

第四話　星の葬送

1

それは、長い一日であった。

リンダやヴァレリウス、渦中のまっただなかにある者にとっては、特に長い長い、いつはてるともないほど長い一日であったといえる。

しだいにこの悲しい知らせが周辺の市町村や、もっと遠い近辺の地方にもゆきわたってゆくにつれて、このさびれた小さな村めざして、続々と、弔問に押し掛けるものたち、弔問するような身分ではなくても、とにかくひと目でもいいから、遠くからでも神聖パロの国王の遺骸を拝みたいとつめかけてくるものたちで、街道がごった返し始めた、という知らせが、あちこちから届きだした。ヴァレリウスはそれは当然予想していたので、あまり大規模にあちこちに知らせぬようあらかじめ注意はしてあったし、また、それでも弔問をといってやってくるものたちのために、喪の家となった村長の家の外側に、兵士たちに命じて天幕をいくつか張らせ、そこに臨時の弔問所をもうけさせて、ナリスの肖像画を調達してきて——それは、皮肉にも、このあたりがかつてずっとナリスの領地であったために、どの家にも秘蔵してあるので、出来はいいとはとうていいえなかったにせよ、同じ村のなかで簡単に集めることができたのである——それを祭壇に飾りつけ、花と、たむけのための台を用意させてろうそくや没薬など、パロの葬礼のための一式をいくつもそなえさせて、弔問客を迎える用意をした。むろん、ごく身分の高いもの以外には、ヴァレリウスたちが直接迎える必要はなかったので、それぞれに、あるていどの身分の騎士やもうちょっと上の聖騎士伯ら、かっこうのつきそうな連中を配置して弔問を受けさせることにしたのだ。そして、同時に、万一をおもんばかって、ヴァレリウスは、村長の家の周辺をサラミス騎士団で厳重にかためさせるよう、サラミス公に頼み込んだ。

「ここでこれ以上大混乱にならぬよう、正式の——といってもそれも仮のものではありますが、葬儀はサラミスでおこなう、ということはどの弔問所にもふれを出させておきましたが。……そして、もう、そうそうに、ともかくナリスさまは今夜じゅうにもサラミスにお移しいたします。ここではあまりにも不便で手狭ですし、安全の面からも……サラミス公がいま、部下をやってサラミスで大至急、受け入れ体制を作って下さっておりますので……内密のうちに、ナリスさまと、リンダさま、それにディーンさまのみ、今夜じゅうにともかくもそちらにお移りいただきたいと存じます」

ヴァレリウスはリンダに云った。

「でもせっかく、ナリスにさいごの別れを告げたいとやってきてくれる人たちなのに……なんだか、だますみたいで……」

リンダは悲しそうだったが、そうもいっていられないことは彼女にせよよくわかっていた。

「本当に弔問をしたい者はサラミスにやってきてくれるよう、と言い渡しておきますよ。……それに、とにかくあまり長いことここにおとどめしておくと……」

ヴァレリウスは、どうなるのかはあえて云わなかった。

魔道師団がおおいに立ち働いて、ようやく入手された黒檀の柩が運び込まれ、そして、そのなかにまた花をしきつめ、絹の布をたくさんしきつめて、その上に、ナリスは布団に包まれたまま移された。さらに、花がぎっしりとつめこまれ、没薬がふりかけられて、天蓋つきの寝台からは布団類がいっさいとりのけられ、あらわになった台の上に掛け布をかけて、その上に柩が安置された。祭壇はかわらなかったが、レースのカーテンは両側にたくしあげられ、柩のふたは恒例により、半分ずらされたまま、胸元から足のほうにかけて立てかけられていた。ヴァレリウスは豪奢な錦の布でその周囲を隠させた。花はすでにもう、補充がきかず、かなりの分を柩の中に頭だけ切り取って詰め込まねばならなかったので、うしろの壁はもう花で覆われてはいなかったのだ。また、あちこちの花を、いくつももうけた弔問所にもわけて、そちらの体裁がととのうようにもつくろわねばならなかった。

この奥の柩の安置してある室に入ることを許される弔問客は、貴族と、そして外国からの使節だけ、とあらかじめさだめられた。が、さすがにまだ、外国からの使節は到着するには早すぎた。だが、ひとつだけ、リンダはそれに特例を作った。

ひるすぎくらいに、この悲しい知らせをきいた、マルガの市長夫人、そして、マルガの長老たち、ギルド長や医療ギルドの博士たちなどが、小さな群れをつくってここにやってきたのである。マルガの市長は、奇襲のときにすでにいのちを落としていた。その後、とりあえず、助役が市長を代行していたが、助役も怪我をおっていて、いたいたしい白い包帯に頭も足も包んでいた。ほかのものたちもかなりあちこちに負傷している者もあったし、全員が、すでにこの悲しい弔問のために喪のよそおいになるまでもなく、マルガの市民達はいずれも、なんらかの関係者を奇襲のおりに失っていたので、すでに喪服に身をつつみ、悲しみにうちひしがれていた。ナリスはマルガからゴーラ王の手によって連れ去られ、そのままマルガに戻ることなく不帰の客となったのだ。マルガの悲しみは深かった。

「なんと……申し上げてよいか……」

市長代理と市長夫人とは、黒い喪服に身をつつみ、特例として柩の前でかれらを迎えたリンダを見るなり、声にもならぬ嗚咽をもらしながら土下座するようにくずおれた。そのうしろに続く長老たちも、ひとしなみに泣き崩れ、しばらくは、自制をとりもどすこともできずにみなひたすら涙にくれていた。

その見るも悲しい悲嘆をみて、リンダのようやくかれかけていた涙もまたどっとあふれてきたが、ヴェールにおもてをつつんだのを助けに、彼女は気丈にこらえた。

「あなたがたには、本当に……つらい、苦しい思いをさせてしまって……」

リンダは、くずおれて泣き崩れている市長夫人の肩を抱くようにして、わびた。

「あれほど忠誠にわたくしたちを助けてくださったばかりに……こんな悲運にあわれて──どう、お慰めしたらいいのか、どうおわびしたらいいのか……本当に、マルガに対しては、わたくしは、なんといっていいのかわからないほど胸をいためております」

「何をおっしゃいますか……」

市長夫人は、かなりの年輩であったが、健気な返事をした。

「夫も……息子も、さいごまで、ナリスさまを──アル・ジェニウスをお守りして、そのご前でいのちをかけることができましたことを……この上もなく、誇りに思っております。……マルガのものどもみなが、どのように、『ナリスさまを守れ！』『アル・ジェニウス万歳！』の声をあげながら、マルガ離宮の御門を守って死んでいったか、王妃さまにも、ごらんいただきとうございました。——マルガのものは、誰一人として、ナリスさまのために命を捧げましたことを、くやんでなどおりません。——ただ、とうとう……その、わたくしどもの犠牲も、こんなかたちで……むなしくなってしまったことだけが……くやまれてなりませぬ。……お若い王妃さまのお心のうちを思いますと、おいたわしくて……」

市長夫人は、夫も、長男もまた、マルガ離宮をめぐる攻防で失ったのであった。だが、貴族の女性である彼女は、ほかの長老たちを見返って、気丈に微笑みさえした。

「マルガは……せめて出来ることでしたら、どうせ……どうせご最期となられるのでしたら……ナリスさまとご一緒に……マルガで、ご最期を見とらせていただきとうございました。……それだけが心残りでございます。……憎んでもあまりあるのはゴーラ王でございますが……」

「およしなさい、エリノア夫人。それをいっては、王妃様のお心を苦しめるばかりでしょう」

長老のひとりがたしなめた。夫人は目がしらをおさえた。

「心ないことを申しました。……王妃さま、マルガはうちひしがれ、みるかげもなくなってはおりますが、決して……決して、息の根をとめられてはおりませぬ。……この悲報をきいて、わたくしどもがどうあってもおうかがいせねばと支度をしておりましたら、生き残った市民たちがみな出てきて、お連れ下さいと声をあげて泣きながらずっとついてまいりました。――もう、みな、食べるものにも薬にも着るものにもことかき、家々も焼き払われたり、うちこわされたりして、ほとんどのものが愛する家族をゴーラ軍のために失っておりますが……私どもを送り出すために、さいごのなけなしの金や食料を集めてくれ、また、もしも王妃さまがマルガにお帰り下さるのなら、身肉をさいてでもお養い申し上げたいとお伝え下さい、と声をそろえておりました。……マルガは、もはや、ナリスさまの思い出と王妃さまへの忠誠にのみ、生きながらえております……」

「有難う」

リンダはもはやとどめかねて涙を流しながら、マルガの生存者たちひとりひとりをしっかりと抱きしめ、あるいは手をにぎりしめた。

「いまは……ヴァレリウス宰相が、もはやこれ以上の負担をマルガにかけてはならぬとすすめますので……サラミスに参ります。そこで、ナリスの仮の葬儀もおこなわねばなりませんし……でも、ナリスも……おそらく、終生もっとも愛したマルガに帰りたがっていると思います。……待っていてくださいね。もうじき、ちょっとはパロが落ち着いたら、私、かならずマルガにこのつぐないはしますし……、それに、必ず、ナリスを――本当にそこにねむりたがっていたマルガに、必ず連れて戻りますから。……ナリスの眠るおくつきは、マルガに――リリア湖のほとり以外にはないと、わたくしもヴァレリウスも思っております。でも、いまのマルガにこれ以上の重荷をかけることはできません……」

「そんなこと……」

市長夫人は激しくかぶりをふった。

「たとえどのようなことをしても……」

「ああ……でも、いまは、残念ながら王妃さまのおおせになる通りでございます」

老齢のギルド長が悲しそうにいった。彼も、家族を失ったしるしの黒い喪章を胸につけていて、おそらくは息子か、その家族を失ったのであっただろう。

「いまのマルガには……どれほど頑張っても、さかさにしても、ナリスさまにふさわしいご葬儀や……お墓のご用意をすることはできません。……それがくちおしくてなりませんが……そのお約束をいただけますことは、マルガにとりましては、何よりのはげみになります。……あまりにも悲しいはげみではございますが……もはや、すべてを失ったマルガには、残された希望はそれひとつ——マルガは、なんとか、ナリスさまをお迎えできるよう、けんめいに復興につとめます。……わたくしどもも出来うるかぎりのことをいたします……」

「有難う」

また、リンダは、かれらの手を握り締めて涙にくれた。

「本当に有難う。──私も、必ずお約束します。必ずナリスをなるべく早くマルガに永遠にやすらかに眠らせてやれるよう……早くパロを平定して……」

それは、悲しいなぐさめであった。

だが、傷ついたマルガの人々にとっては、それは非常に大きな慰めであったようだった。かれらは、さいごにナリスに対面させてくれることを願い出、ひとりづつ、花を柩にそなえ、ろうそくをたむけ、いつまでも離れがたそうにナリスの静かな死顔を見守っては涙を流していた。そして、次のものにうながされるまでは、なかなか柩のかたわらをはなれようとしなかった。

「マルガは……どんなにか、そこがナリスさまと王妃さまのお気に入りの安息の地であることを誇りに思っておりましたろう」

長老のなかでももっとも年老いた、前市長のリアスが涙ながらにくりごとをもらした。

「ナリスさまは……マルガの者どもにとっては、ほかの王族の皆様とはまるで違う存在でございました。──神聖パロの国王になられるよりずっとずっと以前から……そもそもナリスさまは、マルガ離宮でお育ちでございましたし……そうして、ことのほかマルガを愛して下さいました。……王妃さまとのご新婚のさいにも、お二人でマルガに新婚旅行においで下さって──あのとき、どれほど、マルガのものたちは幸せにつつまれて歓呼の声をあげたことでございましょうか。お二人はかぎりなくお若く美しく、この世のすべての幸せをあつめたように光り輝いておられました。──あのときから、まだたったの二、三年しかたっていないなどと、信じることさえ出来ません。──そして、ナリスさまがあのようなむごい糾明にあわれて、あのような不幸なおからだになられたときにも──マルガは、喜んでナリスさまをお迎えし、お仕えいたしました。……ナリスさまがマルガで健康を取り戻されることを、私どもはひたすらお祈りし、お念じ申し上げておりました。……漁師は少しでもよい魚をとり、乳搾りはよい乳をしぼって──野菜作りも、果物作りも、みな少しでもナリスさまがお早くお元気になられるよう祈って一生懸命仕事をいたしました。……一番いいものはいつも『これはナリスさまに献上しよう』と言い合って別にしておきました。……マルガのものたちの大半は、家族の誰かがマルガ離宮にお仕えしているか、あるいは、マルガ離宮にお取り引きいただいておるものたちでございます。ナリスさまと私どもとは、こんなことを申してははばかり多うございますが、きってもきれぬという間柄でございました。……私どもはどんなに、ナリスさまを崇拝し、敬愛し……お慕い申し上げていたことでしょう」

「もう、およしなさい、リアス長老、王妃さまをお悲しませするばかりじゃありませんか」

こんどは、さきほどとどめられた仕返しのように、市長夫人がたしなめた。

「でも、それは本当でございます。……ですから、どうか、マルガが受けた悲運を、御自分たちのせいとだけは御自分をお責め下さいますな。マルガは、ナリスさまをお守りしとおせなかった責任こそ感じておりますが、ナリスさまがこんな重大な神聖パロ立国のさいにマルガを選んでくださったことをこの上もなく光栄に感じております」

健気な、悲嘆にくれたマルガの代表団が、ナリスの形見としてナリスの略王綬と愛用の杯のひとつを与えられて、「いつか、ナリスがマルガに戻るまで、これをナリスと思って」とのリンダのことばに、いくたびもおしいただいて帰っていったあと、リンダはひどく疲れたように、控え室にひきとって、そこに用意されたディヴァンにぐったりと腰掛けた。

そうするあいだにも、ひっきりなしに弔問のものたちが詰めかけている、という報告がもたらされた。この小さな村の周辺は、異変ともいうべき人波に覆い尽くされそうになっていたのである。

「リンダ陛下。――これは、もう、夜になりしだい、と申しましたが、ご用意ができしだい、夜になるのを待たずに本当は先にご出発いただいたほうがよろしいかもしれませんね」

ヴァレリウスが入ってきて困惑したようにいった。

「なんだか、だんだん、時がたてばたつほど遠くから、たくさんの民衆がおしよせてきて……これがもし、柩を運び出すところなどを見ようものなら、押し寄せてきて、恐慌ざたになってしまいかねない感じがします。ナリスさまが、このあたりのものたちにたいへん慕われておいでの御領主であることはむろん存じておりましたが、これほどとは……といっては失礼ながら、想像をこえておりました」

「あのひとはいつも優しかったですもの……」

リンダは泣き疲れ、ぐったりとした気分で、スニの持ってきたカラム水をすすりながら力なく答えた。

「でも、だったら……そんな、夜になってこそこそ逃げたりしないで、もう、あしたの朝、ちゃんとかれらに送られながらサラミスに出発したらどうなの。そうしたらきっと、かれらも……せっかくきてくれた忠誠がむくわれたここちがすると思うのだけれど。そんな、なんだか、私、いやだわ、夜こそこそ逃げ出すなんて……」

「それは、もちろん……陛下さえ、ご面倒だとお考えにならなければ——その沿道で、ずっと群衆に見守られているのがですよ——そのほうが、対外的にもよろしゅうございますが……サラミス公騎士団をもうちょっとふやしてもらうことができるかどうかきいてみてもよろしゅうございますし……馬車の手配そのほかはもう出来ておりますから……」

「そんな、護衛など増やさなくても大丈夫よ」

リンダは悲しそうにいった。

「あのひとたちは、本当に、ナリスを愛して、ナリスの死をいたんで集まってきてくれている人びとなのよ。……そんな、何も、護衛が必要なことなど私たちにするわけはないわ」

「いや、興奮した群衆などというものは……ちょっとでもご遺骸にふれたい、などと押し寄せてこられたりしたら大変です。魔道師団にもはかって、なんとかやってみますが……」

「私のことなら心配しないで、ヴァレリウス」

リンダは疲れたようにいった。

「私は、なんだか、ナリスの死をあんなに悲しんでくれるひとたちと一緒にいて……心のどこかがちょっとだけ、ほっといやされるような気さえしているのだから。私は、大丈夫よ……」

「ちょっと、お休みにならなくて大丈夫でございますか。あちらに、一応、お休みになれるよう寝台も、お食事もなんでもご用意してございますから。もう、あとはおもだった弔問客などの予定も当座ございませんでしょうし……」

「大丈夫。そんなに心配しないで。あなただってとても大変なのだから。あなたこそ、ちゃんとやすんで下さいね。……なんだかとても顔色が真っ青よ。ヴァレリウス」

「私などなんともありません。一応、今夜のうちでも、明朝一番でも、サラミスにたてるよう、準備万端の残りをととのえて参ります。——夕刻にはもう、かなりいろいろ支度がすんでいることと思いますので、そのときの、陛下のお気持ちで、御意のままに」

「有難う」

ヴァレリウスは出ていった。

リンダはじっさいには、気もはりつめていたし、なんだかんだでずっと人の出入りがあって、そのたびにこの喪の部屋に呼び出されて弔問を受けなくてはならなかったので、かなり疲れはてていた。アル・ディーンは別室にいたが、まだ、ディーンの帰還をどのように発表するか慎重にせねばならぬゆえ、人前には出ないでほしい、というヴァレリウスの頼みで弔問の相手はできなかったし、リギアはかなりいろいろ手伝ってくれてはいたものの、やはり、身分の点で、どうしてもリンダでなくてはかなわぬ場合のほうがはるかに多かったのだ。それに、リギアは、父親のルナンのようすがおかしいのがかなり心配のようで、別室にひきとっているルナンのところへもかなりしばしばようすを見にいっていた。

それにそもそもこの建物そのものが、このような用途に向いたものではなくてまったく臨時の対応しかできなかったので、およそ使いやすいとは言い難かった。侍女たちも、いまの状態だとそれほど、役にたつ経験ゆたかなものがそれほど多いわけではないし、弔問客に飲み物を出すなどという指図までも、本来の宮殿にいればまさか王妃が直接考えるようなことではなかっただろうが、ここでは、リンダが命じなくてはなにごともはじまらないのだった。それがようやく一段落して、田舎貴族や神聖パロに荷担した聖騎士らの弔問客のとぎれたあと、リンダは本当にへとへとになっている自分にやっと気づいた。彼女はぐったりと椅子にかけ、スニにちょっと手足をさすってもらおうと鈴を鳴らしてスニを呼んだ。

「姫さま」

その、スニが、あわてて駆け込んできたので、リンダは驚いて身をおこした。

「どうしたの。スニ」

「大変。悪い人くる、悪い人姫さまにお話したい、いっている、大変」

「悪――悪いひと?」

おどろいて、リンダは顔をあげた。そして、スニを突き飛ばすようにして入ってくるあいてをみて、かすかな声をあげた。

「イ――イシュトヴァーン」

「ああ。俺だ」

イシュトヴァーンは、村の近郊に設営された、ゴーラの陣営にあって、マルガ周辺からも引き揚げてくるゴーラ軍の全軍をまとめて、グインとともにクリスタルにむかう準備に忙しいはずだった。だが、突然あらわれたイシュトヴァーンは、供まわりも連れていなければ、喪服らしきものもつけてはいなかった。彼はそのまま出発できるような軍装で、ただ、胸のところに黒い喪章の布をつけているのが、彼なりの礼儀のつもりらしかった。

「あなたは……クリスタルに向かうのじゃなかったの……？」

かたい声になって、リンダはいった。どうしても、彼女には、この急な——じっさいには長い年月もうかなり、じりじりと衰弱が進んだり、また、それほど長いことは生きられないであろうと宣告もされていたにせよ、こんなにも急な夫の死をもたらしたのは、このイシュトヴァーン当人の暴虐だ、としか思えなかったのだ。（夫のかたき）と、仇討ちに斬りかかりたいというような感じでこそなかったが、激しくなじり、罵りたいような怒りは、確かに彼女のなかにひそかにわだかまり、渦巻いていたのであった。

「もうじき、出発する。その前に——その前に、俺は……」

イシュトヴァーンは、スニを見下ろした。その浅黒いハンサムな顔がゆがんだ。

「おい、サル。人払いだ。出てゆけ」

イシュトヴァーンは乱暴に命じた。リンダは怒りにあおざめた。

「なんて無礼なことをいうの。そのスニは私の大切な……」

「うるせえ。そんなことはどうでもいいから、人払いをしろよ。でねえと、後悔することになるぞ」

「私を脅迫するつもり。なんであなたはそんななの。いつまでたってもまるでならず者ね。……どうして、さいごの弔問にくるならくると、きちんと一国の王として小姓に先触れさせ、それなりに喪服をととのえて、供回りを連れてやってきて礼をつくして挨拶するような常識さえも持てないの。そんなことで、王様がつとまると思うの」

「うるせえ。もう、時間がねえんだ。あと一ザンとしねえうちに、俺は、もうクリスタルへたつんだ」

イシュトヴァーンは荒々しくいった。

「いいから、このサルを追っ払ってくれ。でねえと、俺がつかみだすぞ」

「……スニ。下がっていなさい」

リンダは怒りながらも、多少何か感じて云った。

「大丈夫よ、心配しないで」

心配そうなスニに安心させるようにうなづきかける。

「次の間のものたちにも、私が呼ぶまでのぞかないようにいいなさい。いいわね」

「ア……アイー……」

不服そうにスニがお辞儀をしてちょこちょこと出てゆく。イシュトヴァーンはそれさえも待ちきれないように足踏みをしながら待っていた。それから、いきなり、彼は、リンダをにらむように見つめた。

「リンダ」

あえぐように、彼は云った。

「リンダ――」

2

もしも、リンダが、もうちょっと経験ゆたかな女性であったとしたら、このような場面がはらんでいる危険——といっていいかどうかはわからなかったが——に最初から気づいたに違いない。

だが、彼女はおのれの悲しみにすっかりかまけていたし、それに、もともとが、そういう意味ではおくてでもあった。

「リンダ！」

いきなり、イシュトヴァーンは、一気に何かを踏み越えるようにして、リンダとのあいだの距離を踏み越えた。

「な——何をするのよ！」

思わず声をあげたとき、リンダは、有無をいわさず腕をつかんでひきよせられ——そして、たくましい、イシュトヴァーンの胸のなかに抱き寄せられていたのだった。

「何するの！　やめて！」

リンダはするどく声をあげた。

「陛下！」

扉の外から声がかけられる。リンダはイシュトヴァーンをにらみつけた。

「手をおはなし。私がここで大声をあげたら、和平もなにも台無しよ」

「リンダ。……忘れたのか。俺は……俺とお前はどんな仲だったのか。もう忘れちまったのか。もう何もかも忘れたっていうのか。たったこれくらいで」

イシュトヴァーンは低く、切迫した声でささやいた。リンダはするどく息を吸い込んだ。

「イシュトヴァーン……あなた一体……」

「なあ。やり直せないか。……俺と、何もかも……あのときに、あの蜃気楼の草原に戻って、やり直すことは出来ねえのか。……俺は、ずっと思ってたんだ。ナリスさまのことをきいたときから……これはもしかして神様の運命かもしれねえって、ずっと思ってたんだ。……そして、ここを出てゆく前に一回だけ、いってみなくちゃとずっと思ってたんだ」

イシュトヴァーンの浅黒い顔はおそろしいほどに緊張してひきゆがみ、そして目は血走って燃え上がっていた。リンダは息をのんでその彼を見上げ——そして、ふいに、そのからだから力がぬけた。

「何をいうのよ……」

彼女は、かよわい、力ない声でつぶやき、イシュトヴァーンをおしのけて、椅子にくずおれこんだ。とても立っていられなかったのだ。

「あっちの部屋には……ナリスがいるのよ……きのう、私は最愛の夫を失ったばかりよ……その悲しみさえ、まだ、信じられないくらいだというのに……あなたはいったい、何を乱暴なことをいうのよ……」

「俺の女房も自害したんだ」

イシュトヴァーンは激しく云った。

「俺だってまだ何の実感もねえ。俺がおやじになったんだ、ガキが生まれたんだと……それとひきかえにアムネリスが自害したと知らされたって、俺には……まだ何の実感もねえ。だが、知らせがきたからにゃ、本当なんだろう。だったら……だったら、俺は――俺は自由の身になったんじゃねえか」

「なんてことを!」

リンダは思わず叫んだ。

「私は……私はアムネリスは大嫌いだったけれど……それでも、私だって女だわ。なんてことを――あなたは、そんなひどい男なの？　奥さんが、子供を残して自害したとたんに、ほかの女をくどきにやってくるような男なの？　私が――私が昔愛したのは、そんな男だったの？」

「お前には……何ひとつ、わかっちゃいねえんだ。リンダ――リンダっ娘《こ》」

うめくようにイシュトヴァーンは云った。

「俺は……何のために王になろうとあんなに頑張ってきたんだと思うんだ？　俺は……あんなに約束したぞ。三年、三年だけ待ってくれ、そうしたら俺は王になる。王になって戻ってきて、お前を迎えにくる――それまで待ってくれ、って……あの蜃気楼の草原で、俺は……お前にそういい、お前は、待ってると約束した」

「だって――だって、それは、いろんなことがあるわ！」

リンダは叫んだ。が、イシュトヴァーンの手がのびてきて、ふいに寡婦のヴェールを乱暴にむしりとってしまったので、うろたえてそれを取り戻そうと手をのばした。その手が、ぐいと強い手にふたたび、つかみとられた。

「お前は……なんだか、すごく大人っぽくなった。それにすごく……きれいになって、なんだかすごく――遠くなっちまった……」

イシュトヴァーンは、わななくように悲しそうに云った――リンダは奇妙なことに、そのことばをきいたとたんに――むしろ、その声のひびきをきいたとたんに、だったかもしれないが、ふいにからだじゅうの力が抜けてでもしまったようだった。

「やめて、イシュトヴァーン」

弱々しく彼女は抗議した。

「そのヴェールを返して。何をするの——何をするのよ。私……ずっと泣いていたのよ。顔を見られたくないわ」

「ナリスさまが死んだなんて……俺にはまだ信じられねえ」

イシュトヴァーンは荒々しく云った。その手のなかには、リンダのヴェールがしっかりとにぎりしめられていた。

「なあ。俺は絶対信じねえぞ。……もしも、そうだとしたって……なあ、ナリスさまも一緒にゆけばいいんだ。三人で、イシュタールへゆこう。イシュタールはいいぞ……俺が作ったんだ。最高の都だぞ。きれいで、便利で、いくさにも最高で……」

「あなた、何をいってるの。あなたのいうことって、みんな無茶苦茶よ……ああ、でも……あなたは——あなたは昔っから、そうだったんだわ……」

思わず、リンダは泣き笑いのような表情になった。

「ちっとも——ちっともかわっていないのね、ヴァラキアのイシュトヴァーン。あなたはきっと……自分が何をしでかしてしまったかも、気が付いていないのね……」

「自分が何を……って、俺が何をしたってんだよ！」

「ナリスを……あんな……あんなことにして……」

リンダはうめくようにいった。そして、手布を顔にあてた。

「あのひとは、あなたがそんなふうに乱暴に扱ったらたちまち壊れてしまう、本当に壊れ物の状態だったのよ。きっとあなたは、そんなことさえわからないままに、あのひとを連れ去ったんでしょうけれど……わかったでしょう。自分があゝいうことをしたばかりに、何がおきたか。あなたは、ナリスを殺したのよ。殺してしまったのよ」

「なんでだよ」

イシュトヴァーンは激しくおこりのように身をふるわせた。

「なんでそんなひどいことをいうんだ。……俺は、そんなつもりじゃなかった。俺は……ナリスさまを……そうだよ、俺はただ、ナリスさまを——欲しかっただけだ。イシュタールに連れてゆきたかっただけだ。——だってあの人は元気そうに見えたし、俺は——俺はあの人と、運命共同体になるんだって約束をしたんだ。……だから、俺は……」

「でも、その結果、あのひとは……あのひとは、死んでしまったのよ」

リンダは云った。そして、また泣き出した。

「そうよ、イシュトヴァーン。……どうして、そんなことをしでかしてしまってから……私のところにきて、あの約束を思い出せなんていうの？　どうして、そんなことが言えるの？——それは確かに、私は約束を守れなかったかもしれないわ……でもあなただって、あなただってアムネリスとすぐに結婚したじゃないの……」

「だがそのおかげで俺は王になった。それもいまに中原で一番大きな国になる強国の王にだ」

イシュトヴァーンは言い張った。

「そして、俺に王位をもたらしてくれた女房は死んだんだ。……それが、神託じゃねえか。このときに、お前が後家になって俺の前にいるんだって、これも神様の神託じゃねえのか。すべてが、こうやって……あのときの間違いを直せといってるんだ。俺と一緒にゆこう、リンダ——やっぱり俺はお前が……」

「云わないで」

悲鳴のような声をあげて、リンダはさえぎった。

「やめて。私、きのう夫を失って悲しみにくれているのよ」

「だからナリスさまも一緒に連れていっちゃえばいいんだ」

イシュトヴァーンは目を燃え上がらせながら叫んだ。

「そうすればいいんだ。そうすれば……もう、お前だってずっとあのひとと一緒にいられる。いいじゃねえか、何をためらうことがあるんだ。なんだって、生きてるうちにつかまなくちゃ、嘘だぞ」

「あなたのいうことは無茶苦茶よ——いつだって、あなたは無茶苦茶だわ、イシュトヴァーン」

いつのまにか、リンダは、泣き笑いのような顔になっていた。イシュトヴァーンの無茶苦茶にあきれかえってはいたけれども、その一方で、彼のその荒々しさと、たけだけしい、無茶苦茶な嵐のような求愛は、確実に、彼女のもう忘れたはずだった何かをよみがえらせ――ゆさぶる力をもっていたのである。その無法と、その乱暴さと、その暴虐さと――彼女が持っているはずだった、夫の死をもたらしたことへの恨みさえもが。

「俺は無茶苦茶だ。悪いか」

イシュトヴァーンは敏感に、リンダの気持のわずかな変化を直感的にかぎあてたようだった。彼はぐいとリンダの手首をつかんで引き寄せようとした。リンダはあらがった。

「いや、やめて。私、ここでこんなふうにあなたと二人きりでなんかいてはいけないんだわ。パロの貴族の女性にも、まして王族の女性にも、ナリスの妻にもあるまじき行動だわ。はしたない……はなして、駄目よ。お願い」

「俺は――お前が俺を裏切ったんだと思い、お前は俺が約束を破ったとずっと思ってたんだ」

イシュトヴァーンはリンダの手をはなさぬまま火のようにリンダを見つめた。リンダはおののきながらも、奇妙な、かつて感じたことのないような甘い、身震いするほど甘いなにかがおしよせてくることになかば怯えながら彼を見上げた。彼の浅黒い顔はあまりにも、向こうの部屋でしずかに柩のなかで眠っている、はかなく白い人形のような夫の顔とは違っていた。整ってもいたし、魅力的でもあったが、皮肉っぽくて、けんがあって、たけだけしくて、そして、リンダから見ればめまいがするほどに男くさかった。その頬にあらたに残されて、せっかくの美貌を傷つけている、スカールにつけられた傷あとさえも、彼の顔にわざとつけられたしゃれた飾りのように見えないこともなかった。

「俺たちは、お互いに考えすぎて――そうして互いを忘れようとつとめてしまったんだ。俺は……俺は、あの国境の町、なんていったかな……ケーミだ、ケーミでナリスさまが、お前と婚約してる、っていうのをきいて――彼女はそのうち自分と結婚する女性だ、っていうのをきいて、お前が裏切ったと思い込んじまったんだ。あれは、ただ、そういう慣習になってる、ってだけのことだったんだ――お前は俺を裏切ったわけじゃなかった。そのあとで、裏切ったけどな」

「誰が裏切ったというの」

リンダは抗議した。

「私は、とても無理だといったじゃないの。あなたはあまりにも何も知らないわって……それに、普通なら……何があろうと、そんな……一介の傭兵が、三年で王になるなんて、無理よ、無理にきまってるわ……」

「そうだとも。三年では、さしもの俺でさえ、無理だったさ。だから、それはしかたねえさ、約束を守れなかったのはお前だけじゃねえ。お前は、いつからナリスさまと恋仲になったんだか知らねえけど、俺だって、三年じゃ王になれなかったんだ。だから、あのときの……あの蜃気楼の約束は、どっちにせよ、俺は守れなかったし、お前は信じなかった。お前は俺を信じてなかった。だが、誤解すんなよ。俺はお前に怒ってそういってんじゃねえ」

「イシュトヴァーン……」

「お前が俺に怒ってることは知ってたよ……それに、第一、俺自身が、ナリスさまのことでまだ動転してる……俺は、お前がどう思おうと、本当にナリスさまが好きだったんだ。きのう一晩、まったく寝ることもできずに俺は考えてたんだ。そうして、俺は決めたんだよ。こうしようとな」

「イシュトヴァーン……イシュトヴァーン──」

「俺はナリスさまが好きだったよ。好きで好きでたまらなかった」

イシュトヴァーンは荒々しくいった。

「もし、あのかたが女だったら、悪いけど、お前を袖にしてあっちをかっさらってって、お妃にしちまいたいくらい──なんでか、あの人は──俺には弱みだったんだよ。最初からだ。最初から、こんなきれいな人なんか、見たこともねえと思ったし──あんまりきれいだから、男に見えなかったのかもしれねえ。だけど……おまけに何から何までけたはずれに俺と違ってて──生まれも育ちも運命も何もかも……そのあの人がお前と結婚した、ってことに俺はすごく、なんというんだっけな、うちのめされちまったし……

だけど俺もまた、王座を手にいれるために、あの女と結婚した。それが間違ったやりかただとお前は思うかもしれないが、ほかには何の手だてもなかったよ。何一つ持ってねえ傭兵が、力づく頭づくでのしあがるためにはな。……それについて、どんなに軽蔑してくれたっていいや。とにかく、いまの俺はもうゴーラ王なんだ」

「お願いよ」

リンダはかよわい声でいった。

「手、手をはなしてよ。痛いわ」

「俺はナリスさまの手をこうやってつかんでたこともある。……あの人も、はなしてくれ、って頼んだけど、もぎはなすこともできなかったよ。……まるで蝶々みたいな人だと思ってた。……駄目だ。やっぱり俺は……あの人がもういないなんて、信じられねえ」

「イシュトヴァーン」

リンダの目に、ふいに、熱いものがまたふきこぼれてきた。

「私だって……私だってどんなにそう思いたいことか。だけど、あのひとは……あのひとは逝ってしまったのよ……そうよ。あのひとは死んでしまった。もう帰ってこない……ナリスはもう帰ってこないのよ……」

「そんなことをいうなよ！」

ふいに、イシュトヴァーンは激しく、リンダをひきよせ、まるで恐怖にかられたように抱きしめた。リンダは、突き放さなくてはいけない――いや、もっとずっと早くに、誰かを呼び入れて、この無礼者から身を守らなくてはならないのだと思った。だが、思いながらも、どうすることもできぬ甘美なものが彼女を縛り付けていた。ずっと、寝たきりの夫に貞淑に仕え、困難をともにしてきた彼女は、強い圧倒的な腕に抱き寄せられて抱きしめられる感覚に、めまいのように魅せられてしまっていた。

「そんなことを……云わないでくれ。いまだけは……なあ、俺と行こう。俺とイシュタールへ行こう。何もかもやり直そう。もう、神聖パロなんか、やめたんだろう。グインに聞いたよ――神聖パロの女王をつぐつもりはねえんだって。だったらついでにもうパロなんか見捨てちまえ。イシュタールへゆこう。俺とゆくんだ。いや、一緒にきてくれ……お前がいれば、俺は……もういっぺん、やり直せるかもしれねえ。もういっぺん、いまみたいじゃない、あの蜃気楼の草原からもういっぺんやり直せるかもしれねえ……」

が――

それをきくと、ふいにリンダは、ぐいと身をもぎはなして、イシュトヴァーンの手がゆるんだすきにおのれの手を取り戻した。そしてちょっとあざになってしまった手首を痛そうにさすった。

「駄目よ、イシュトヴァーン」

悲しそうな声でリンダはいった。

「もう、あの……蜃気楼の草原には戻れないのよ。戻れないのよ、私たちは……二度と。時は、戻すことができないのよ。ナリスがもう、どれほど悲しんでも、どれほど呼んでも帰ってきてはくれないように……私たちも、もう……たとえ、あなたがやもめになり、私が未亡人になったその朝だからといって、自由の身になってまたはじめからやり直せる、などというわけではないのよ……」

「なんで」

イシュトヴァーンはかっとなって、またリンダを引き寄せた。リンダはちょっとあらがったが、比較的おとなしくイシュトヴァーンに引き寄せられた。

「なんでだよ。俺は……お前がほんとに好きだったよ。お前のことがとてもとても好きだったよ！　アムネリスなんか愛したことはない。そりゃ、あいつのことは抱いたけどな。子供も生ませたけど、でも、もう何ヶ月もあいつのことを牢に閉じこめたきりだった。あいつも可愛想だったかもしれねえとも思うけど、だけどみんな結局、運命だろ。しょうがなかっただろ。――俺はなにも、時をあのときの蜃気楼の草原に戻そうなんていってんじゃねえ。いまから、また新しくはじめりゃいいじゃねえか。どうして、それが出来ないんだ？　お前、俺を嫌いか？」

た。


「おお——おお、イシュトヴァーン」

この、あまりにも直截すぎることばをきいて、ついにリンダの防壁は崩れた。彼女は泣き笑いのような顔で、まるでおのれの声をききたくないかのようにささやい
「嫌いじゃないわ……嫌いであるものですか……あなたを嫌いになることなんか、できっこないわ……あなたはあんまり駄々っ子みたいで、しょうもなくて、理屈もなにもあったものじゃなくて——ああ、だけど、嫌いよ。やっぱり……あなたがナリスをあんなにしてしまった。私、本当に本当にナリスを愛していたのよ。あのひとは素晴らしいひとだったわ。どんな苦しみにも笑って耐えて——中原のためにいのちをかけて……」

「そんなこと、お前に云われるまでもねえ、俺が一番よくわかってらあ。俺はあの人の《運命共同体》だったんだぞ」

「そのナリスを私から奪ってしまった。……嫌いよ。いえ、憎んでるわ……いえ、でも憎めたらどんなにいいのか……憎んで、憎むだけですんだら……それにいつだって、あなたはしゃくにさわる、私の腹を立てさせるやつで、失礼なことばかりいうし、無礼だし強引だし……ああ、だけど、嫌いになれるものですか……だけど、好きだなんて、云ってあげるわけにはゆかないわ……私にだってたしなみというもの……ヒッ」

いきなり、ぐいと抱き寄せられ、荒々しく唇を重ねられて、リンダは息がとまりそう

な衝撃にかすかに身をこわばらせた。

「ウ……」

「好きだ。リンダ」

イシュトヴァーンの熱いうめくような声がリンダの耳を打った。

「俺がずっと……俺がずっと待ってたのはお前だ。お前ひとりなんだ……俺と一緒にこい。でなけりゃ、ナリスさまみたいにさらってゆくぞ……もう、ほかのことなんかなんだっていい。お前だって俺が好きなんだろう。だったら、もう何も考えることなんかないんだ。もう、ほかのことなんかどうだっていい……」

「あ……ああ、だめ、だめよ、やめて……だめ、イシュトヴァーン……」

再び、唇を探してくる彼の唇に、リンダは必死で頭をそらせ、胸に手を突っ張って相手をおしのけた。それから、ようやくその腕をふりほどいて、室の隅へ逃げた。イシュトヴァーンが追う。

「リンダ！」

「駄目。——駄目よ、イシュトヴァーン」

「なんで」

悲しげな声だった。

「俺は……お前に一緒にイシュタールにきてほしいんだ。パロの王女も何もかもどうでもいい。お前さえいてくれれば——何もかもきっと正しくなる。俺もきっと、正しい方向にやり直せる。自分がどっかでなんかどうも間違っちまって、そのあとどこかおかしい、おかしいと思いながらずっと、そっちへむかってきてしまってたみたいだって、ずっとどこかで思ってたんだ。……だけど、グインに会って、ひさしぶりにグインに会って、なんだか、やつがすごくでっかく、偉いもんになってるのをみて、こりゃ大変なことだなと思ったときに……やっとなんか、そこから抜け出すきっかけをつかめたような気がした。そのときに……お前と再会したんだって、運命の神の託宣なんだ。お前だってそう思ってるはずだ。俺とお前が一緒になるのが運命なんだ、正しいことなんだってな。……ゆうべ後家になったばっかりだっていうんなら、俺だってゆうべやもめになったんだってことを知らされたばっかりだ。俺たちは、同じ運命の星の下にいるんだ——一緒になるように、ヤーンが決めてるんだ。もういっぺん、キスさせろ——こっちにこいよ。お前が好きだ。好きなんだ。リンダ」

「駄目だといってるでしょう！」

リンダは思わず、またしても、ぐらぐらするほどの甘さに溺れそうになって、おのれの唇——何年かぶりに彼にふれられた唇をおさえた。

「駄目よ、イシュトヴァーン！　私は——私はパロの女王なのよ！」

「そんなもの……」

「駄目！」

叫ぶと同時に、リンダは、何かから思い切り、身をもぎはなすように、いきなり、隣りの部屋への仕切の扉をひいて開いた。

「リンダ……」

リンダをまたその腕にしゃにむに抱き取ろうと近づきつつあったイシュトヴァーンがはっと息をのんだ。

「イシュトヴァーン」

リンダは、となりの部屋に飛び込んだ。いきなり、つよい没薬のにおいがからだを包み込む。

「ごらんなさい。……ナリスが見ているわ」

「リ――」

「まだ、お別れをしていなかったんでしょう。……もう、柩の蓋をしめて……サラミスへ、連れていってしまうのよ……」

ふいに、いまのこのひと幕に激しくゆさぶられ、甘くめまいのするように押し寄せてきていた、昔の恋の名残が、あらたに思い出された現実の悲哀と悲嘆のなかに飲み込まれて消えていった。

リンダは涙声で続けた。

「そんなに、このひとを……好いていてくれたというのなら、どうか——どうか、さいごのお別れをしてあげて……そして、このひとの前でさっきと同じことが言えるのかどうか、云ってみたらいいわ。……あなたがこうしたのよ。誰がなんといおうと、あなたがこのひとを、私の夫を、こんなすがたにしてしまったのよ。そうなのよ、イシュトヴァーン……それは、そうでしかないのよ！　わかって？」

「ナ……」

イシュトヴァーンは、立ちすくんだ。

3

「さあ、どうしたの？——入っていらっしゃい。誰もいないわ……いまなら、心ゆくまで、あの人に会えてよ。どうしたの、怖いの？　ゴーラの狂王イシュトヴァーン陛下ともあろう勇者が、こんな……こんなかよわい人を、怖いの？」

「なっ……」

イシュトヴァーンは、戸口のところにつかまったまま、さきほどまでの勢いもどこへやら、いまにも倒れてしまいそうに見えた。

その浅黒い顔がみるみる蒼白になり、泣き出しそうにゆがんできた。彼はまるで、いたずらをしているところを見つけられた、小さなわんぱくな子供のように見えた。

「リンダ……」

彼は、あえぐように、戸口につかまったままささやいた。

「なんで……なんでそんなことすんだよ……なんで、そんな酷いこと……」

「何が酷いのよ？」

リンダは言い返した。

「ナリスに会ってあげてといっているだけよ。……さあ、何も怖くないわ。ナリスはもう……死んでいるのよ……何もしないわ」

「やめろ」

恐怖にかられたようにイシュトヴァーンはいった。

「そんなことをいうの、やめろ。……ナリスさまは……いやだ。見たくない。ナリスさまは死んでなんかいない。眠ってるだけなんだ。そうだろう。……いや、そこにあるのはなんか作り物のにせもので、本当は……これだって、俺をだまそうと……」

「あなたは、目の前で、ナリスが息を引き取るのを見ていたんだそうじゃないの」

リンダはきびしくきめつけた。

「私は……妻でありながら、ただひとりの妻でありながら、このひとの死に目に間に合うこともできなかったわ。——ヴァレリウスは魔道師だから、すぐにゆけたのに。同じときに知らせをうけて急行したのに、ナリスは私を待っていてはくれなかった。私がついたとき、このひとはもう……だのに、あなたは、目のまえで、ナリスが……さいごの息を引き取るのを見ていたんでしょう。だのにまだ、それがうそだの、偽りだのと思うの?」

「俺——俺は……」

「だったら、ごらんなさい。——さあ、いらっしゃい。ここに来るのよ。ヴァラキアのイシュトヴァーン！」

リンダの声は奇妙な凜々としたひびきをともなっていた。

不思議なことに、イシュトヴァーンは、唯々諾々と云われたとおりにした——だがかれのたくましい戦士のからだは、小さくこきざみにふるえていた。

「震えているの？」

リンダは、手をさしのべた。

「あなた怖いの？」

「怖いよ」

イシュトヴァーンはうめいた。

「いやだ……いやなんだ。だってナリスさまが……」

彼は、二、三歩室内に入り、そのままそこに立ちすくんだ。

彼の目は、豪奢な黒い柩のなかに、ひっそりと横たわっているその顔にくぎづけになっていた。

「ナ……」

「いらっしゃい」

リンダは手をさしのべたまま、イシュトヴァーンに近づいてゆき、その手をつかんでひっぱった。ほっそりと華奢なリンダにくらべたら、ずいぶんと長身でもあり、細身とはいえ鍛えたたくましさをも持っている彼であったが、彼はそのまま、また、まるですべての意志をリンダに握られてでもいるかのように、わなわなとふるえながら祭壇のまわりをまわり、そのうしろの、天蓋の下に安置した柩のかたわらへ引き寄せられた。そうしながらも、彼の顔はすでに泣きそうにひきゆがんでいた。

「いやだ――いやだよ」

イシュトヴァーンは呻いた。

「見たくない……お願いだ。見たくないんだ……」

「怖くなんかないのよ。ここにいるのは、ナリスなのよ……私の夫――私とあなたが……愛した、アルド・ナリスなんだわ。たとえ……もう、息をしていなくたって。もう、動かなくたって……これはナリスなのよ……」

リンダは、イシュトヴァーンの手をはなした。

そして、柩にとりすがって、花に埋もれた青ざめた顔に、そっと顔を近づけた。

「おかしいのね。……あなたは、これまでに、ゴーラの殺人王とよばれるほどに何人ものの――ううん、何百人、何千人、もしかしたらもっとたくさんの人を殺してきたんでしょう、その手で。……その手にもった剣で、直接に、ひとりの人間のいのちをからだから断ち切って奪ってきたんでしょう。……死んだひとなんか、見慣れているはずよ。何をそんなにふるえているの——おかしなひとね」

「だって……」

イシュトヴァーンはどうしてもからだのふるえがとめられなくなってしまったかのように、両手でそっとおのれのからだをかきいだいた。

「だって……これは違うんだ……違うんだよ……こんなことは……あってはいけない……俺は……俺は、こんな——俺はこんな……」

「冷たい……」

リンダは、ちいさな手を、そっとナリスの白いひたい、やせたほほ、にすべらせた。

「私も……ばかね。私も、おそれて、見るのがいやで、信じるのがいやで……ずっとそばに寄ってあげないでいたの。……ナリスを柩にいれるのも、ヴァレリウスがやってくれたのよ。……あのひと、ヴァレリウスの腕に抱かれて、さいごの息を引き取ったんですってね。——ヴァレリウスは、何もかも、みとったんだわ。……あれほど献身的に尽くしてくれたヴァレリウスにとっては、それは一番のむくいだったと思うけれど……」

リンダは、柩のなかをのぞきこむようにして身をのりだし、両手でそっと、夫の、氷のようにつめたい頬をはさんだ。

「触ってごらんなさい。イシュトヴァーン……冷たいわ。佯死とか……薬で眠っているのと——本当の《死》って、結局似ても似つかないものだったのね。……それにだまされるのは、死のことを何も知らないひとだけ。……この冷たさ……このしずけさは——本当の《死》のほかには、絶対にありえないものなのね。……さあ、勇気を出して……」

「いやだ」

イシュトヴァーンはおじけをふるったようにあとずさった。ますます、彼は、小さな子供のように見えた。

「あなたは戦場で何千人もの人を殺したんでしょう？」

「そんなことをいわないでくれ」

イシュトヴァーンはあえぐように云った。

「やつらは……みんな、俺の夢枕にたって……俺をまちかまえてるんだ。俺がどんなにそこから抜けだそうとしても、手足にぶらさがり、部屋の隅に座って……俺がやつらと同じとこに落ちてゆくのをじっと待ってるんだ。……ときどき、気が狂いそうになる。……俺はもう、長いあいだやすらかに眠ることもできないままで……」

「このひとは、こんなにやすらかに眠っているわ……」

リンダは、歌うようにいった。

「長い、長い苦しみにみちた時をおえて……いま、クリスタル大公アルド・ナリスは——神聖パロ王国国王アルド・ナリスは、時満ちて……やすらかな永遠の眠りについている。——私たちもいつか、そこにゆくのだわ。怖くはないでしょう、イシュトヴァーン？　もう怖くはないわ……」

「やだ……」

なおも、イシュトヴァーンはかぶりをふった。

その目から、ゆっくりと、涙の粒がこぼれおち、頬に流れ落ちた。

「そんなのは……いやだ……ナリスさまが死ぬなんて、いやだ……そんなことはありえないんだ。そんなことは……」

「やっと……少しだけ、信じられるわ——」

リンダはもう、イシュトヴァーンがそこにいることさえも忘れたかのように、柩のなかに眠る夫にむかってささやいた。

「あなたは、本当に……もういないのね。あなたのうつし身はここに横たわっているけれど——あなたの魂はもうここにはいないのね。……あなたは、本当に——本当に逝ってしまったのね。死んでしまったのね、ナリス……」

「もういい」

イシュトヴァーンは力なくいって、そのまま祭壇からあとずさった。そして、壁に背中がつきあたると、そのままそこにずるずると座り込んでしまった。

「もういい。もうやめてくれ……もうわかった——」

「でもまだ……まだちょっとのあいだは、いっしょにいられるでしょう？　ナリス……」

リンダはなおも、やさしく、死者の頰をなでながらささやきつづけた。

「もうちょっとのあいだだけでも……一緒にいましょうね、ナリス。……あまりにも、一緒にいられることの短い、縁のうすい夫婦だったけれど……でも、このあとサラミスへいって、そうして……あなたがさいごにマルガに落ち着くまでのあいだ、ずっと——そばにいるわ、もうどこにもゆかないわ。遅すぎたかもしれないけれど——どうして私、もっと早く……ひとが愛するひとと一緒にいられる時間というのはこんなにも短いものなんだっていうことを知って、そうしてそれを大切にしていなかったのかしら。……しかも、あなたを——あなたのなきがらをおそれて、そばに寄ろうとも、見てあげようともしなかったなんて。……あなたはこんなにやすらかそうで……それにこんなに、やっぱりあなたは美しいのに……もうすべての苦しみが終わって、とてもやすらかそうに見えるのに。……私、ばかね。ばかね、ナリス——どうして、私は、あなたから離れたのかしら……こんな短い夫婦のえにしだったら、かたときもはなれず、うるさがられても、どうしても離れずに、一緒にいたらよかった。……どうして、クリスタルにいったり——グインを説得しにいったりして、あなたから離れてしまったんだろう。私……」

「リンダ……」

いつのまにか――

リンダの静かな、だが肺腑をえぐるような述懐をきいているイシュトヴァーンの両頬に、あとからあとから涙が吹きこぼれていた。リンダのほうは、目をうるませているだけで、もう泣いてはいなかったのだが。

「もういい。もうやめてくれ……頼むからもうやめてくれ……」

「ここにいらっしゃい、イシュトヴァーン。……そして、いっしょに、このひとを見てあげて。――私の愛していたひとよ。私が、はじめて、私の夫とよんだひとよ。……そして、私が……その死に目に、会うことさえできなかったひとよ……イシュトヴァーン」

リンダは、そっと、ナリスのまぶたをなでてやると、壁ぎわにうずくまっているイシュトヴァーンのほうに歩いていった。

「イシュトヴァーン。……私たちの恋も同じよ。……それはあの蜃気楼の草原に、死んで横たわっているの……もう、かえってこない。一度死んだものは、もうかえってこないんだわ。ひとも……恋心も。――無理に、呼び戻そうとすれば、それはみにくいゾンビーとなって、美しかった思い出や愛さえも、二度と見るにたえないおぞましい憎しみにかえていってしまうだけなの。……イシュトヴァーン、私、あのとき――本当にあなたのことが好きだったわ。いまでも好きだわ。どれほど、ナリスを死なせてしまったと憎んでいてさえ、こうしてふたりきりでいると、ふーっとからだ全体が吸い寄せられてゆくような気がするくらい、好きだわ。あなたはどうしても憎めないやんちゃ小僧で……好きよ、イシュトヴァーン……本当に好き。だけどもう——私たちの恋は死んだの。あまりにいろいろなことがありすぎて……でも、悲しまないで、イシュトヴァーン。きっと、いつか……本当にあなたがめぐりあうべき運命の女性《ひと》が、あなたの前にあらわれるから。——いいえ、もうそれはあなたのまわりにいるのかもしれないし。……私は、だめ。私はもう、ナリスの未亡人として……どんなに縁のうすい、つらいことのほうが多い結婚生活であっても、私はこのひとを本当に愛していたわ。だから、これからは私は、アルド・ナリスの未亡人として、ナリスの思い出を守って生きてゆくの。……でも、有難う。あなたは一瞬だけだけど、また私にあの蜃気楼の夢をみせてくれたわ。もう二度と見ることはないかと思っていた……もう、二度とあの蜃気楼の草原のことなど、あなたとこうしてまた会わなかったら、思い出すことさえしなかったかもしれない……」

「リンダ……」

「あなたも、ナリスを愛していたとかりそめにもいってくれるのなら……ナリスにお別れをいってあげて」

リンダはそっと手をかけて、イシュトヴァーンを立ち上がらせた。

イシュトヴァーンはのろのろと立ち上がった。その涙に濡れた唇に、リンダは、のびあがってそっと唇をおしつけた。

「さあ。……怖くないから」

そっとイシュトヴァーンの腕をとり、柩のほうへもう一度いざなう。イシュトヴァーンは、操り人形になったように従順にまた柩のそばに寄った。そして、こんどは、滝のように涙を流しながら、柩のなかをこわごわのぞきこんだ。

「ナリスさまだ……」

ひどくあどけない、驚いたような声で彼はつぶやいた。

「ほんとだ……」

「さあ、ふれてあげて……そして、祈ってあげて。イシュトヴァーン」

リンダがそっとイシュトヴァーンの手をとって、柩のなかに導くと、イシュトヴァーンはびくっとしたが、がくがくふるえる手でそっとナリスの頬にふれ、そしてあわててびくっとひっこめた。まるで、それがひどく熱くてやけどをした、とでもいうかのように。

「ナリスさま……」

彼はまた、滝のように涙を流しながらつぶやいた。

「俺じゃない……俺はそんなつもりじゃなかったんだ……本当に俺は……」

「可愛想に」

リンダは、自分でも思いがけない衝動にかられて、優しくいい、そしてイシュトヴァーンの、たけ高いからだをのびあがって優しく抱きしめた。イシュトヴァーンは悄然と、まるで母親に慰められる大きな子供のように、リンダの腕に抱かれた。それから、彼は、ぐいと手の甲で目をこすった。リンダは手布で彼の涙をぬぐってやった。

「有難う。……ナリスのためにそんなに泣いて下さって」

なにごともなく、あたりまえの弔問客を迎えたときのように、リンダはつつましやかにいった。

「ついでに、ろうそくも手向けてあげて。……もう、明日には、サラミスに出発するから。これが今生のお別れだわ。ヴァラキアのイシュトヴァーン」

「お前もか？」

たよりなげな、寂しげな声だった。

「お前も、俺の人生から……去っていってしまうのか？」

「ええ。たぶん……私は、本当はパロの女王にもなりたくない、できることなら、もうどこかの尼僧院かなにかに入って一生をナリスの追憶のなかでしずかに過ごしたいような気がしているのですもの。——でも、まだそうはゆかないわ。私は、しなくてはならないことがたくさん——そうね。また会うことはあるかもしれないけれど……でももう、蜃気楼は消えたのよ、イシュトヴァーン。もう二度と……蜃気楼の草原の夢は見ないでしょう。私は」

「俺は、見るよ」

子供のように不服そうな声だった。

「俺は……忘れてたまるかって思うよ……俺は……まだ、思ってるよ。いつかお前を……本当に、いつかお前を迎えにこられたらいいなって……」

「ヤーンが許されればね、イシュトヴァーン。ヤーンが許せば。でも……さあ、もうあちらにいらっしゃい、イシュトヴァーン。あら……どうしたの？」

「これ……」

イシュトヴァーンは、ひどく異様な目つきで、おのれの首にかけていた首かざりを見つめていた。

その手が、その首飾りの先についた水晶玉をつよく握り締めている。

「それが……どうかしたの？」

「これ……ナリスさまが……私だと思って……ってくれたんだよ……」

イシュトヴァーンは、なおも、恐しいものをみるかのようにその水晶玉を見つめていた。

「パロのまじない玉ね」

リンダはうなづいた。

「よく、それをナリスがしているのを見たわ……あなたにあげたとは知らなかったわ」

「割れてる……」

イシュトヴァーンは、茫然としたようにつぶやいた。そして、その手をひらいて、その手のなかにあったものを見せた。

確かに、その、鎖のさきにつけた水晶玉は、これまではなかったひびが入っていた。そして、それは、イシュトヴァーンの手のひらのなかで、パキンとかすかな音をたてたかと思うと、砕け散ってしまったのだ。

「特にナリスのような、魔道をおさめた人の場合には、そういうものには、それぞれにいくらかづつ念をこめているから……その人の念が消えれば、それも当然消滅するのよ。イシュトヴァーン。それは、驚くようなことではないわ……ナリスの念が地上から消えたというだけのことよ」

「これまで持ってってしまうのか？　ナリスさま……」

イシュトヴァーンはわななくような悲しそうな声で云った。

「このくらい——そのくらい、あなたをしのぶために、残しておいてくれたってよかったのに……リンダ！」

「どうしたの？」

「いま……ナリスさまが……ちょっと——目を開いたような気がした……」

イシュトヴァーンのたくましいからだが、あらがいがたい恐怖にかられたように、かよわい木の葉のようにふるえていた。

リンダは一瞬、驚いたように黙ったが、それからかすかに首をふった。

「いいえ。……よく——眠っていてよ。さめることのない眠りを……」

「もう、ここにいたくない」

イシュトヴァーンはうめくようにいった。そして、いきなり、激しく身をおこした。

「もう、ここにいるのはいやだ。……俺はもう、クリスタルに進発する。……見てろ、レムスの首級をあげて、それを手土産に、お前を——こんどこそ、お前をかっさらいにきてやるから」

だが、その大言壮語は、いかにも大言壮語らしく、むなしく、しかも弱々しくさえひびいた。

リンダはまた力なくかぶりをふった。

「たとえ、キタイの竜王に傀儡にされていようと、どんな邪悪な考えに頭をのっとられていようと——あの子は私の大事な弟なのよ。双子の、可愛い弟なのだわ。……あの子に剣をふりあげようとしたとき、一度だけ——私の悲しみと……それから、ナリスのこの……すがたをみて、はじめて見たはずの《死》のことを考えてみてちょうだい。いったん、殺してしまったいのちは、二度とは帰ってこないのよ。どれほど悲しんでも、どれほど愛されていた人でも――決してもう、帰ってくることはないのよ。とりかえしはつかないのよ……」

「……」

「私たち……本当に、本当に、なんて遠くにきてしまったのでしょうね……」

「リンダ……」

イシュトヴァーンはまた、悲しそうな声で云った。

「リンダ……」

「クリスタルを奪還してくれるのに、力を貸してくれるのはとても嬉しいけれど……たたかいが、こうして……たくさんのものを奪ったわ。――私の父も母も――夫も、祖国も。……弟も奪われたらもう、私には何にも――そうよ、何ひとつ残っていないわ」

「リンダ――」

「男たちは、いつだって、戦いのなかで夢中になって、自分の奪っているいのちが、それぞれに愛するものや家族やふるさとや夢があるのだ、ということなど、忘れてしまうか、気にもとめないけれど……残されて悲しむのはいつだって女なのだわ。……そのことが、いつか、イシュトヴァーン、あなたにもちょっとだけわかってくれたら……」

「リンダ……」

「よかったら……これを持っていって。せめてもの……記念に」

リンダは、自分の首にかけていた、自分の首飾りをぬきとった。

それは、ナリスのイシュトヴァーンにあたえたものよりもひとまわり小さい、ほのかな薔薇色を帯びた、美しい水晶玉のついたまじない紐だった。リンダは、それをそっとイシュトヴァーンの首にのびあがってかけてやった。

「私は魔道はおさめていないけれど、一応祈り姫として、巫女としての教育は受けている。……これも、多少は、私の念が入っていてよ。あなたを――少しは守ってくれるかもしれないわ。ナリスのとは違うけれどもね……」

「その……」

イシュトヴァーンは、苦しいかのようにのどもとをつかんだ。

「有難う……」

「ナリスに別れを告げにきて下さって、本当に有難う。――それに、クリスタル奪還に力を貸してくださることも。――それでもう、私……あなたがこうしなければ、ナリスは……といううらみつらみは、すべて水に流して忘れることにするわ。……いってもはじまらないことだし、云えばいうほど辛くなることだし――そしてまた、ナリスはもっとずっと早くから覚悟を決めていたのですもの。妻の私が、あまりうろたえさわいだりしたら、不覚悟なやつとナリスに叱られてしまうわ。それに――それにナリスはいつでも、あなたのことをとても好きだったし」

「…………」

「有難う、そしてさようなら、ヴァラキアのイシュトヴァーン。……もしもヤーンがゆるせばまた会うかもしれないし、そうでなければもう会うことはないかもしれない。もう、ナリスが自分のせいで亡くなったのだという自責の念は捨てて。ナリスはどちらにせよ、そう長くは生きられないことを自分で知っていたし、だからこそ、残った時間を自分の思いどおりに使おうと望んでいたわ。……私は、あのひとが拷問のためにからだを破壊され、右足を切断しなければならなかったあの恐しい夜にもう、あのひとがいつかは――遠からぬ未来にこうなることをちゃんと覚悟してなくてはいけなかったの。私って、まだ本当に甘ちゃんなのね。でも少しづつ学ぶわ。そして賢くなるわ。……さよなら、イシュトヴァーン。お体に気を付けてね。ご武運を祈っているわ」

4

夜闇が落ちてきた。

それは、奇妙な重苦しい静寂をまた、このあたり一帯にひろげる夜闇であった。

きのうもだったが、今宵も月はないらしい。グインの率いるケイロニア軍は、夕刻、すでに、クリスタルめざして出発していた。もう、それだけ遅くなってしまったのなら、夜営することもない、いっそ明朝に出発したら、とヴァレリウスにすすめられたのだが、グインは、どうあっても今夜じゅうに――となぜか主張して譲らなかったのだ。どちらにせよ、今夜じゅうに進軍できる程度の距離のあいだは、まだ当分神聖パロの勢力範囲であるはずだったから、あかりをつけて進軍もできるし、また、夜営をしても奇襲にあうこともないだろう。また、よしんばレムス軍が奇襲をかけてきたとしても、それが何するものぞ――というのが、不敵な、グインの考えのようだった。

イシュトヴァーンのゴーラ軍のほうは、もう少しおとなしく、明朝一番にグイン軍のあとを追ってクリスタルに向かうことを決めていた。こちらもしかし、夜までにはすっかりその、翌朝の出発の支度もすませていたので、喪の事情もあってひっそりと少しはなれた陣営にそれぞれに英気をやしなって朝一番の出発を待つようすだった。

イシュトヴァーンは戻ってきてから、ほとんど口もきかずに自分の天幕にとじこもってしまった――そして、誰にも近づくことを許さず、マルコにも近づかせずに、火酒に慰めを見出していた。が、どこか、何か帰ってきたイシュトヴァーンのようすがいつもと違うようだ――というのが、マルコたち、側近の感じたことだったが、何がどう違うのかまでは、さすがに何もいわないでさっと天幕に入って人払いをしてしまったイシュトヴァーンをひと目見ただけではわからなかった。それがいい変化なのか、悪い変化なのか、いっときの感情がたかぶっただけなのか、それとも何か本当に感ずるところがあって変わったのか、ということさえ、その状態ではわかりようがなかったのである。

が、いずれにせよゴーラ軍陣営も静かだった。

そして、暗い闇のなかに、夜になると、いくつものあかりが、あの村長の家――喪の家を中心として、ともされ、そしてその数は、夜が更けてゆくにしたがってどんどん増えてゆくように思われた。

それは、各地から、ナリスの弔問のためにやってきた群衆や使節団や代表団が、あちこちからなんとかしてろうそくを調達してきて、そしてともし、それをとりかこんでひっそりと夜を徹して、ナリスのために祈ろうとする、その、追悼のあかりであった。村長の家の窓には内側から黒い布で目張りがされて、なかからあかりがもれてくることはなかったが、おもて玄関の前にもおかれた大きな弔問用の祭壇にも、大きな燭台がおかれて、そこにもたくさんのろうそくがともされ、その両側にも、祭壇の上に置ききれない燭台がいくつもおかれて、そこにもたむけのろうそくがゆらゆらと炎をゆらめかせていたから、風の強い夜でもあったら、火事の危険をおそれなくてはいけないくらい、おびただしいろうそくの炎が、家全体をあやしく照らし出していた。

いかに村長の家とはいえ、それは、クリスタル大公、神聖パロ王国国王ともあろうものの、かりそめとはいえ通夜の場とするにはあまりにも粗末で小さいのは本当だったが、しかし、夜闇があたりを包み込むにつれて、建物のすがたも消え、あたりを照らし出すおびただしい数のろうそくだけが、その一帯を光の海のように変えてゆき、あたりは、ひどく夢幻的な、そして悲しくも美しい光景となっていった。あとからあとから、そのあかりをたよりに四方の街道からおしよせてくる人々は、いっこうにその数を減じないように思われた。

もっとも、街道筋ももうすっかりとっぷりと暮れていたから、それを――あとからあとから追悼のためにこの小さな村めざしておしよせてくるパロの人びとの存在を示すものは、街道をゆらゆらと動いてゆく、無数のあかりだけであった。かんてらを掲げたものもいたし、早くもろうそくをともして大切そうに胸のところにかざしているものもいたが、みな、ひとしなみに黒い服に身をつつみ、女性はすっぽりと頭から黒いショールをまとい、それでいっそうひとそのもののすがたは闇にとけこんでいたから、灯りだけが動いてでもいるかのように、遠くからは見えたのであった。

ひとびとは無数のあかりに飾られた服喪の中心に近づくと、急に押し黙り、そしてそれぞれに、ろうそくを、家のまわりにもうけられた弔問所にささげてくると、もうひとつのろうそくを取り出して、それをろうそくたてに立て、火をともして、それを前においてうずくまった。そして、ひたすら、祈るようすであった。

街道をこちらにむかって歩きながら、啜り泣いているものもいたし、女たちなどはおっぴらに号泣しているものもいた。

(ナリスさま)

(ナリスさまあ)

(アル・ジェニウスが亡くなられてしまった)

(ナリスさまが死んでしまわれた)

だが、その泣き声も、弔問所が近づくにつれてひっそりとなり、そして、まるで、かれらが声をあげることでいっそう、王妃の悲しみを増してはならぬ、とでもおもんばかっているかのように、しーんと静まりかえってしまうのだった。無数のろうそくが照らし出す弔問所のなかには、アルド・ナリスの美しかりし肖像が掲げられ、その前で、男泣きに泣いている兵士もいれば、ひっそりとショールのかげで涙を流している女もいた。手をとりあい、いだきあって泣き続けている、傷ついた人々の一団は、マルガからきた人びとだった。弔問に訪れたマルガの代表団ばかりではなくて、マルガの傷ついた一般の市民たちが、動けるものは傷ついたものを助けてでも、とにかくひと目ナリスにあいたさ、肖像画になりと別れを告げたさに、あとからあとからマルガから夜道を歩いてやってきたのだ。

かれらは、互いを慰めあいながら、ろうそくのあかりにそっと亡きひとの冥福を祈り、ルーンの聖句をとなえ、ナリスの名をそっと口にした。そのルーンの聖句はやがて、ひたひたと夜をとりまく潮流のように、服喪所をとりまき、夜を埋め尽くしつつあった。

「ヴァレリウスさま」

リギアが、ひっそりと、黒いヴェールに身をつつんで、明朝一番の出立の準備におわれているヴァレリウスのもとにやってきたのは、もうかなり夜も更けたころだった。

「はあ」

「お知らせしておかねばなりません。……父、聖騎士侯ルナンがみまかりましてございます」

「ああ……」

やはり――口には出さなかったが、ヴァレリウスには、充分に予想がついていることだった。ヴァレリウスはリギアをみた。リギアはひっそりとうなづいた。

「はい。……ずっと、ナリスさまのご遺骸におまいりしてから、まったく口をきかなくなってしまいましたので……何も解っておらぬのだろうか、どのようなことがおこったのかわからぬのだろうかと案じておりましたが、そうではなく、いろいろと考えて決意を固めていたらしゅうございました。……私が、さきほど、リンダさまのもとにうかがって、与えられた部屋に戻って参りましたところ、おのれの剣にのどをつらぬいてこときれておりました」

「それは……なんと申し上げてよいか……」

「もう、つまらぬお心づかいはご無用に。——私も、こうなるのではないかと思っておりましたし、ヴァレリウスさまも、それはわかっておいでだったでしょうし。——それに、私としても、老いた父があの上ながらえて、わが子よりも愛した——父にとっては人生のすべてであったかたに先立たれた悲しみに少しづつ、うちひしがれて死んでゆくよりは、いっそ、ああして、苦しみをまぬかれてくれたほうが嬉しゅうございます」

「お察し申し上げます」

丁重にヴァレリウスはいった。

「明朝、私どもはアル・ジェニウスのご遺骸をのせて、馬車にてサラミスへ出発いたしますが、そのさい、ルナン侯のご遺骸もご一緒にお連れ申し上げて、せめて、息子のように愛しておられたナリスさまのかたわらにお眠りいただくよう、はからわせていただければと思いますが」

「そうしていただければ、父にとっては最高の幸せでしょう。……柩を手配しなくてはなりませんが……」

「当面、聖騎士侯のご身分のかたにはあまりそぐわないもので恐縮ですが、実は……小姓組で、陛下のおあとを慕って殉死したものがすでに、小姓頭のカイを含めて十人にものぼりましたので、まだかなり出るのではないかと予想し、あまり縁起でもない話ですが、柩は二十ばかり、調達させてございます。——サラミスでは当然、ご身分にふさわしいしかるべきものを取り寄せさせますので、そちらまでの道中、それでお許しいただければ……」

「それは、助かります。……では、のちほど、うちの騎士団のものに、父のための柩をとりにうかがわせますわ。……私あてのものもそうでないのも、遺書ひとつも残しておりませんでしたので、発作的に絶望にかられたのだと思いますが、いかにも父らしく、ただ机の上に『アル・ジェニウス万歳。神聖パロよ永遠なれ』とだけ走り書きがございました」

「ご立派な武人であられましたし、もう二度と出ないような、たいへんに筋の通った、忠誠一途の武将であられました」

静かにヴァレリウスは云った。

「さぞやお悲しみと存じますが……ルナン侯のこともございますし、リンダさまのお身のまわりのこともあります。サラミスへは……？」

「父がみまかって、もうすべての心残りはなくなったといえばそうなのですけれど——一応、娘としてのさいごの責任はまっとうせねばなりませんので……はい。わたくしも、父の葬儀もかねて、サラミスへ同道させていただきます」

「それではそのお馬車の手配も増やしましょう」

ヴァレリウスは云った。

「父と一緒の馬車でかまいませんことよ。こんなさいですし、贅沢をいってはおられませんので。私のほうは、なんでしたら馬で参ってもよろしいですわ」

「いや……もう、ご無理をなさることはありません。……それにしても、本当に……このところ、あまりに死者が多いので……神聖パロを構成していたおもだったかたたちのうち、ほとんど七割から八割が、亡くなってしまわれたような気さえいたします」

「そうですわね。……数えてみたわけではありませんけれど、ラン将軍、ダルカン侯、ローリウス伯爵、その弟御、ほかにも数えきれないほど……生き残っているのはワリスと私くらいのものですわね」

「それだけでもずいぶんと心強いことではありますが……」

「外は、でも本当に、光の海のようになっていましてよ」

リギアは静かにいった。

「不思議ですわね。あれをみると——あれはナリスさまを追悼しての光の海なのでしょうけれど、あれをみていると、ああ、あれだけ、追悼のろうそくがあれば、父も道に迷うこともなくドールの黄泉の暗い道を下ってゆけるだろうと、心がなごみます。……なんだか、世界が終わりになってしまったあとというのは、こんな気のするものなのでしょうかしらね」

「ええ。——ただひとつ、確かなのは、世界が終わりになったのは、私にとってだけで——世界そのものは、まったく終わってもいなければ、破滅しても、変わってさえいないのだ、ということですね。……どれほど重大な、どれほど大きな存在が亡くなっても、世界はやはり明日も続いてゆくのでしょう。……それが、ある人にとっては希望なのだし——いまの私にとってはむしろいまいましいようなことですけれどね。いっそ、明日の朝になったら世界が滅びていてくれたら、何もかももっとずっと楽でしょうに」

「あなたも——」

リギアは一瞬、迷った。それから云った。

「あなたも、お気の毒にね。……でもあまりご無理をなさらないでね。……もう、私のために、なんてお願いすることはしないけれど、もう愛するひとに死に別れるのは充分すぎるほどだわ、といったのは本当よ。……それからまた、父をも失いましたけれどね。これは、そんなにもう、悲しいわけでもないけれど。――きっと、寂しかったり、悲しさがじんわりとしみてくるのは、これからなのでしょうね」

「それまでには、なんとかして、早くスカールさまのもとにおもむかれることですよ。そうすれば私も安心というものです」

ヴァレリウスは云った。

リギアが亡父の遺骸を守るべく帰っていってから、ヴァレリウスは、そっと外に出ていって、葬祭所のまわりのようすを見に行った。

（おお……）

思わず、一歩外に出たとたんに、さしものヴァレリウスも低く感嘆の声をあげる。あたりは、見渡す限り――とまでいっていいほどの、ゆらゆらとゆらめく地上の光の渦におおわれていた。

天の星々がすべて地上に引っ越してでもきたかのような、みごとな光の乱舞。――風があればろうそくが揺れてたいへんなのだろうが、さいわい今夜は風もない。

なまじ、月もない、星もない曇った夜であるだけに、地上の星々、地上に散り敷いたその光の海は、素晴らしい鎮魂の音楽のように、ヴァレリウスのかわき、疲れはてた心を包み込んだ。ヴァレリウスは、思わずうっとりしながらそのみごとな眺めに目を遊ばせた。

(こんなに、大勢の人が——あなたを想って集まってきておりますよ、ナリスさま……)

いくぶん夜になって冷え込んできている。マントのえりもとをかきあわせながら、ヴァレリウスはそっと亡きひとにささやきかけた。

(このみごとな光景を……ごらんになることができれば、お喜びでしたでしょうにね。……あなたはいつも、リリア湖のあのいさり火がとてもお好きで、あくことなく見つめておいでになりましたものね。——夜におうかがいすると、たいてい、晴れていさえすれば、カーテンをあけさせて、窓をあけさせて、毛布にくるまってじっとリリア湖のほうを見下ろしておられた。——そして、ごらん、ヴァレリウス、みごとないさり火だよ、と私を見上げて微笑まれた。——これほどみごとないさり火をごらんになったら……さぞかしお喜びだったでしょうにね。あなたは、本当にお好きでしたから……あれは、御自分が自由に動き回れぬおからだになったから、なおのこと、身にしみて美しくお感じになっていたのかもしれませんけれど。……)

(長い、長い一日でしたね。——ようやく終わりますよ。……きょうも、あとで、あなたの柩のうしろでちょっとだけお休みさせていただきましょう。……なんだかいろいろなことがあって——なかなか、ひとが死ぬ、などということは……そのことそのものよりも、それにまつわる煩雑なことや、おろかしいことや、ばかげたことや、どうでもいいことばかりが多くて、困ったものですね。……一番お楽なのは死んでしまった人当人なのでしょうね。……きょう、一番平和で静かにお過ごしだったのは間違いなくあなたですものね、ナリスさま。……もう、きょうはおからだが辛いこともないし、退屈なさることもない。動けないことを考えて苛々なさって気が狂いそうになることもない。……そう思うと、本当に私はほっとしますよ。……それに、きょうは、ディーンさまもおみえになったし——ルナン侯も近くにゆかれたし——けっこう、あなたも——いろいろとにぎやかになられたのではないですか？　ランもいますしね——まあ、アムネリスは……近くに来はしないでしょうが……なんだか、地上が、すっかりひっそりとしてしまったような気がする。……その分、みんなドールの黄泉に引っ越してしまったんですかね。——明日になったら、グイン王はもうおられないし、イシュトヴァーンも出立するし。——私たちもサラミスにむかいますが、どうもサラミスというのは失礼ながら私は好きになれそうもない。いや、まあ、先入観でものをいってはいけませんがね。もともとサラミスとサラエムというのは——私の故郷のサラエムというのはあんまりそりがあわない地方どうしなんですよ。そんなこと、ご存知なかったでしょうが。……まあいい。とにかく、グイン王がヨナを連れてゆかれるし、このあと私はあんまりお話する相手がいない、それが一番つまらないですね。……ディーンさま相手にお話するのは、あなたの弟御ではありますけれどどうもね……うまがあわない、というんですかねえ、私はけっこう苛々しますね。……困ったことです。どうしたらいいんでしょうね？　あなたの弟御なんだから、本当は、あなたへのこの思いの半分程度でも、かわってあのかたに向けてさしあげないといけないんだとは思うんですが……どうもねえ、あのかたのあの――現実をどうしても見ようとしない、自分のことしか見ていないみたいなところをみていると、苛々してしまって。――いや、御心配いりませんよ。喧嘩などしませんからね。相手はあなたの弟御だし、何をいうにも王家の王子様なんですからね。何を御心配なさってるんです。……大丈夫ですよ。まったく心配性でいられるんだから……いや、しかし、やれやれですね。私はすっかり、ひとりごとの――というよりも、こうしてあなたにずっと話しかけるくせがついてしまいそうですよ。……ああ、やれやれ、さすがにちょっと疲れたな。……このまま、ルナン侯ではないが……あしたの朝、目がさめたら私も息絶えている、ということになるんだったら、手間がなくていいんですがねえ。――そうしたら、でも、リンダさまがたいそうお困りになるだろうし、まだ、当分は面倒くさいけれど、なんだかんだ、片付けものをしなくてはならなさそうですねえ。……やれやれ――それにしても、ほんとにきれいですよ。まだまだ、遠くからあかりが動いている。――今夜は夜通しかけて、あかりが増えてゆくんでしょうね。……このあたり一面がもう、光の原になってしまっていますよ。……黄泉からでも、ごらんになれているといいですけれども……）

しばらく、ヴァレリウスは、じっとそのゆらゆらとゆらめく無数の地上の星々のようすを見やっていた。

「ヴァレリウスさま！　ヴァレリウスさま、どちらにおいでですか」

だが、それほど長いこと、そうしていることは許されなかった。小姓の声が、彼を呼び探しているのが聞こえてきたからである。

「なんだ、何かあったのか？　私はここだ」

「王妃陛下が、明日のことでご相談をされたいといって、宰相閣下を捜しておいでになりますが」

「わかった。すぐうかがうとお伝えしてくれ」

「かしこまりました」

「宰相閣下！　あ、こちらにおいでですか。――サラミス公の部下のかたが、明朝の出発のときに、閣下の決められた配置に少々難儀があるのでといってきておられますが……」

「リンダ陛下がお呼びだそうだ。それがすんだらすぐサラミス公のところにうかがうから、そちらでお話するとお伝えしてくれ」

「かしこまりました。そのようにお伝えいたします」

（やれやれ……今夜も、まだ当分、ひとりになることさえ無理かな……）

ヴァレリウスは苦笑した。

そして、ゆらめく黒い影のように蒼惶と、建物のなかに入っていった。

長い一日は終わり、地上には追悼の星々をちりばめて、ゆらゆらと、夜が更けてゆこうとしていた。たぶん他のところでは、何ひとつかわることもない、きのうに何もかわらぬ夜のさまだったが、この地でだけは、ひそやかな慟哭がきこえ、祈りがいつまでもいつまでも捧げられ、そして、ひっそりと殉死を決意するもの、傷ついたからだをひきずって亡き国王にたむけのろうそくをと望むもの——たくさんの人々が、いつまでもひきもきらなかった。

この夜、天の星々はすべて地上にそのありかをうつしたようであった。漆黒を流したような夜空には、夜鳴き鳥も啼かず、天地はしんとしずまりかえり、ただ人々のひそやかな慟哭と祈りだけが夜の底にいつまでも流れていた。

（もう、朝のくることはないのかもしれない……）

（朝がきても、もう、あのかたはいない……）

（これから、どうなるのだろう。……パロは。そして、リンダ王妃さまは……マルガは、そして私たちは……）

（グイン王がケイロニア軍をひきいて、クリスタル奪還に出発されたそうだけれど…

……」

(グイン王なら、必ずとりかえしてくれるだろうね……)

(でも、パロに平和が回復されても、もう——ナリスさまはおいでにならないんだねえ……)

ひそやかに、あらたなろうそくにあかりがともされ、ゆらゆらと地上にゆれる。

それは、長く、誰ひとり眠ろうとするものとてもない一夜であった。

あちこちかけまわった揚句、ようやくそっと、柩のかげにうずくまって、柩に頬をおしつけたヴァレリウスも、スニにすすめられてやっと寝台に入ったリンダも、眠らなかった。また、予想どおりの殉死をとげた父のなきがらによりそって、もう涙も忘れはてたように、ひたすらルーンの聖句をとなえているリギアも。

また、あてがわれた室の寝台で毛布にくるまったまま、暗闇に目を見開いていたマリウスも、少しはなれたゴーラ陣営の天幕のなかで、同じく、早朝の出発にそなえて仮眠をとろうと毛布にくるまって横たわっていたイシュトヴァーンも、誰一人として、睡魔におそわれるものとてもなかった。

さまざまな亡きひとの追憶がそれぞれの頭のなかを去来し、そして、にがい思い出も、甘い思い出も、美しい思い出も、悲しみさえも、夜の闇のなかにひっそりとあらわれては消えていった。

（朝がくれば――柩の蓋をしめて、私たちはサラミスへたつ……）

（この世限り――もう二度と……）

（もう二度とないだろう。もう二度とあらわれないだろう……）

あんなひとは――もう二度と、少しでも似た存在でさえ、生まれ出てくることはないだろう。

かれらはじっと、闇のなかにうずくまり、それぞれにひとりぼっちで――リンダだけは、スニをしっかりと抱きしめていたが――あまりにも巨大な喪失の思いと、そして追憶の重みとに耐えていた。朝がくればまたひとつ、そのひとのいないあらたな日がはじまる。それをいたむかのように、地上にちりしく追悼の星々も、いっこうに減る気配も見せない。

それは誰もがおのれの生涯への、ヤーンの啓示を読んだ夜であった。ゆらめく地上の星々に送られて、黄泉路をたどってゆくひとびとを見送るように、いつまでも、吹き消されそうなひとつ星だけが、雲のあいまに天上にゆらめいていた。それはあたかも、このひとつの死が中原にひきおこす嵐の到来を予言しているかのようであった。

あとがき

お待たせしました。「グイン・サーガ」第八十八巻「星の葬送」をお届けします。

これを書いているのは二〇〇二年もだいぶん押し詰まった暮れの一日のことですが、皆様のお手元にとどくのは当然のことながら、すでにあけて二〇〇三年もかなりたった二月のことになるわけです。どうも、こういうタイムラグがつきものなので、感覚が狂ってしまうのですが……

それにしても、八十七巻の内容が内容だったせいで、実にたくさんのメール、パティオでのレス、などを頂戴しました。もうこれを読んでおられるということは九割がたの確率で前の巻は読んでおられると思うので、遠慮がちにネタバレしますけれど、なんとほんとの弔電も頂戴してしまいました（爆）うぅむ、すごいなあ。

ただ、ああいう展開であったせいか、「さいごにグインに会えてほんとによかった」という感想が大半で、それでもやはりいろいろと……まあ、いろいろショックをうけて下さったり、悲しんでくださったりして、私としては、こういうことでこういうことをいっては何ですが、ほんとに作家冥利につきるというのはこのことかもしれないなあと思いましたです。二十五年にわたって「グイン・サーガ」を書いてきて、ひとつの事件に集中的にこれだけ大反響をいただいたのもはじめてのことでしたし、そのすべてが感動して、あるいは悲しんでくださっている、というのもすごいことだなあと思いました。本当にこれこそまさに作家冥利そのものですね。このことは、ずっと長いあいだ忘れない、というより、だんだん私のなかで深くなってゆく思いになるだろうなあと思います。

そうして、しかし、私のほうは、皆様にまだ八十七巻がお手元に渡らないうちに（あいだに外伝が二冊ありましたので）どんどん、八十八巻、八十九巻と書いてきて、この次に年明けそうそうに書くのはついに九十巻、ということになりますので、八十七巻での事件そのものにずっととどまっているというわけにもゆかず、自分の気持は別としてどんどんどんどん、本当にどんどんどんどん時が流れてゆくんだなあという複雑な感慨にとらわれたりしておりました。八十八巻の内容というのがこれはもう、お読みになっていただけばわかりますけれども、あえてタイトルはいいませんが伊丹十三さんの映画なんかをすごく私は連想してしまうので……「これが《生きている》っていうことなんだよなあ」というのがすごく、八十八巻を書き終わったときの自分の実感だったんですが、皆様はいかがでしょうか。またそれぞれにそれぞれの思いがあるだろうとは思うのですが……

この二〇〇二年というのは私にとっては、ずっとサイト（神楽坂倶楽部）でもそう言い続けていましたけれどもたいへんに激動の年で、実になんというか、「事多い」年だったのですね。多事多端といいますが――多事多難でなかったのは何よりの幸せですが、とにかく、今年新しくはじめたこと、今年はじめて今年終わったこと、今年終わった人間関係や今年で断念したこと、今年で切れたもの、などなどすごく「節目」の年、というよりも、「終結と明日に続くはじまり」の年だったという気がしていまして……って、ほんとにこれごらんになるのは二月十日以降なんだから、なにですけど、でもま、それだと節分かいわいだし、昔はそのへんまでが一応前の年って感じだったんですから、まあ、「年度替わり」もなんとなく念頭においていただくってことで続けてしまいますが――私にとっての二〇〇二年の十大事件とかって、あげはじめたらすごいんじゃないかと思ったりするんですけど（まったくの私事でなら「息子が大学生になった」っていうのもありましたねえ）そのなかのひとつに「八十七巻」というのもあるなあと思います。これはしかし、やっぱり「ひとつのはじまり」でもあったんだろうなと――長い、長いあいだ、それこそ八十六巻の長きにわたって、ずっと続けてきた「何か」は確かに抜けたなあ、終わったな、という実感がすごくあって――だから、かえって、これから九十巻書くのですけれども、九十巻というのがもうなんら「節目」とは感じられなくなってただの八十九の次で九十一の前、という感じで、それと、九十にいったからにはもう、百巻にいってしまうというのがものすごくあたりまえの単純な事実でしかなくなって――神楽坂倶楽部のほうもささやかながら、今年の九月に二周年を迎え、年内でおおよそ百六十万アクセスを突破するという、元気いっぱいの状況にありますが――今年は「グイン・サーガ通算二千五百万部突破フェア」などというものもありましたしねえ……担当のAさんが、「二千五百万……小説の数字じゃないですよねえ」としみじみともらしていましたが、確かに、二十五年で二千五百万、ごくごくシンプルに割ってしまえば一年に百万部づつということなんですから、毎年百万部の本をお手元にとどけてきた、まあ言い方かえれば毎年一冊づつミリオンセラーを出してきた、ということですね。とりあえず外伝いれると百冊にはなってるわけですから、別の数え方すると一冊がそれぞれ二十五万部売れているということで――この構造不況、本が売れない売れないといわれてる時代に、毎回ベストセラーリストに出させていただき、そうしてここまで続いてきた、ということそのものが、いまの時代にあって、最大の驚異、ミラクルではないかと、いま私は非常に思っています。結局、どこの時点でコケてもこうはなってなかったわけですもんね。そうして、ついにあの「八十七巻」に到達したわけで――

「何かが確実に動いた」という手応えが、自分のなかでもありました。そして、そのときにグインがいてくれる、というのが非常に頼もしかったというか、何よりもささえになったというか——そうして私の人生そのものも、「ああ、もう、ナリスではいられないのだな。グインになってゆかなくてはいけないのだな」というような、非常にふしぎな感慨がありました。いまようやく「大人」になるのだというか——まあこれは私個人の勝手な感慨なんで、「グイン・サーガ」そのものとも直接の関係はないとは思いますが。なんか、少しづついろいろなことが楽になり、少しづついろいろなことが好きになり——あのつらかった昔がだんだん遠くなる、でも、そのさきにはもうそれほど、多くの年月は待っていないとは思うのですが、それもよい、まだちゃんと間に合ったのだから、これから先の年月をいとおしみながら生きてゆこう、というような。

来年、私は五十歳になります。二十四歳で作家デビューして、四半世紀と一年、そのあいだにこんなにたくさんの本を生み出し、そうして、これだけ多くの人々が感動し、動いてくださる物語、というか人物をも生み出し、そうして「まだ五十歳でいられる」ということ——どうしても、いまはなき半村良さんのことなども思い浮かべてしまいますが——それが何よりの天の命でありめぐみであるような気がします。そうして、いつの日も一生懸命生きてきてよかったなと、本当に、なげやりになることもあれば何もかもイヤになることもたくさんあったし、「所詮わかってなどもらえない」とすごく絶望的な気分になることもたくさんあったけれども、いまここにきて、「あのときにやめなくて本当によかった」と思うことが、生きていることも含めて本当にたくさんある、そのことを、まだお若くていろいろそういうことを感じられない人たち、ものごとが変わることを受け入れるのがイヤだったり、時が流れてゆくことや、おのれもその時のなかにいるということが感じ取れないほど若い人たちに、いずれ伝えられれば、いずれかれらがそれを知るときがくればいいなと思います。ひとが生きてゆく、そしていずれ必ずどんな人でも死んでゆくということ、それを本当に知ることができたら、ひとをばかにしたりあざけったり呪ったりしているひまに、もっとずっと「一度だけの自分の人生」を大切にしなくてはならないと感じるようになるだろうし、そのとき、その人ははるかにゆたかな人生をもつことになるだろうということ——ひとを傷つけたり傷つけられたりして、それでも誰もが生きて、そして死んでゆくのだ、ということが、この長い物語を通じて、そのなかで生まれ、愛し、死んでいった人々すべての運命を通して、世界に伝わってゆけばいい、ということ。私がいま思うのはそれだけです。

八十七巻では事情が事情だったので、読者プレゼントもお休みしてしまいました。この巻ではいつもどおりということで、川村純子様、丸本ふみ様、道淵牧子様、の三名さまに二〇〇三年最初のプレゼントを差し上げます。

とりあえず、いまの私には「よいお年を」ですが、お読みになる皆さんには、もう二〇〇三年ですね。二〇〇二年から二〇〇三年へのごあいさつ、ということにしましょう。二〇〇三年が皆様にも私にも、「グイン・サーガ」にもすてきな年でありますように。